マッシー 憧れのマウンド

メジャーリーグの扉を開けた日本人

MASHI

増田久雄

JN191247

牧野出版

目次

マッシー　憧れのマウンド

メジャーリーグの扉を開けた日本人

序章

ブルペンの扉が開いた。

右手にグラブを持ち、大谷翔平が姿を現した。左手を軽くベルトに触れると、ゆっくりした足取りでマウンドに向かう。ユニフォームが土で汚れている。内野安打で出塁した7回、ダブルプレーを阻止するべく2塁に滑り込んだ時のものだ。こんなに泥まみれのユニフォーム姿で登板するクローザーを見たことがない。

マウンドに向かい16歩、グラブを左手にはめひと握りする。30歩、帽子を取ると右手で髪をかきあげ、被り直す。１２０歩、１分15秒かけてマウンドに差しかかる。捕手の中村悠平がトスする球を受け取り立ち止まった。

二人は、口元をグラブで覆い、会話する。初めてのバッテリーだ。30秒間の打ち合わせを終えると、中村は小さく頷きポジションに戻って行った。

セットポジションから８球の投球練習に２分30秒かけた。

２対３とリードされた米国の９回裏最後の攻撃は、９番ジェフ・マクニール、1番ムーキー・ベッツ、２番マイク・トラウトというメジャーリーグのスター選手が続く。

私たち4人は、ロビーの一角でテレビ中継を見ていた。私たちを取り囲んで、20人近い人たちが食い入るように画面を見ている。

窓外はるか遠方の秩父連峰の残雪の白さが鮮やかだ。

朝8時24分にスタートしてハーフラウンドを終え、昼食を急いで掻き込みロビーに降りると、試合は9回裏、全米チームの最後の攻撃が始まるところだった。

「まさか、こんな場面を見ることができると思わなかった」

「俺もあきらめて、今朝録画を仕掛けてきた」

友人達が口々に言った。

今日のプレイ日がワールド・ベースボール・クラシック（ＷＢＣ）の決勝戦と重なり、後ろ髪を引かれながらのゴルフ始めだった。朝から風がない青空の好天気だったからスタートしたようなもので、小雨模様だったり、強風だったりしたら、中止していただろう。

9番マクルーニが左バッターボックスに入る。9番打者とは言っても、昨年ナショナルリーグで首位打者を獲得している。大谷が投じた最初の球、浮き上がるスライダーをライト線にファウルした。2球目、3球目、4球目とボールが続き、5球目、１５９キロのストレートを、6球目のスライダーをライト線にファウルする。7球目、低めいっぱいのボールをよく見極めて四球で出塁すると代走が起用された。ノーアウト、ランナー1塁。大谷は苦しい立ち上がりになった。

次に迎えるのは、２０１８年に首位打者に輝き、リーグＭＶＰにも選ばれているＭ・ベッツ。打率だけでなく、長打力もあり、警戒が必要だ。しかし、ラッキーなことに初球に手を出したベッツの打球は2塁手正面のゴロになり4－6－3のダブルプレイに打ち取ることができた。ツーアウトで走者なし。状況が大きく変わった。

最後の打者M・トラウトはリーグMVP3度の大リーグを代表する打者で、大谷とエンジェルスの同僚でもある。

「さっき、お前が話していた通りの展開になったな」

他の二人も頷いた。

「今日は最後に、ピッチャー大谷対バッタートラウト。トラウトが大谷を打ち崩せればアメリカが優勝、大谷がトラウトを打ち取れば日本が優勝――そんな形で決着がつけばドラマチックだけどね」

プレー中でも続くWBCの話題の中でそう言う私を、

「お前は映画プロデューサーだからそんな都合の良いことを言う」

「そんな映画みたいなことが起こるわけがない」

3人はにべも無く否定した。

「そうなったらいいな、ということだよ」

「お前は、映画の脚本家だからそんなことを言う」

「もしそうなったら、映画どころか、漫画もいいとこだ」

３人があざ笑った。

ところがそれが現実になり、今９回裏二死、画面の中では、大谷がピッチャーマウンドに、トラウトがバッターボックスに立っている。

トラウトは頭上にバットを掲げ、小刻みに動かす構えで、マウンドからの投球を待つ。

アウトコースに外れた最初のボール球を見逃し、２球の１６０キロのスプリットを空振りした。次に１球ボール、空振りストライクと続き、２―２後に投げた勝負球の１６４キロのストレートが外れ、２―３のフルカウントになった。固唾を飲んで見守る６球目、大きく曲がるスライダーにトラウトのバットが空を切る。結局バットに１球も触れさせることなくトラウトから三振を奪い、大谷が試合を決めた。

大谷はグラブと帽子をグランドに投げつけ、全身で吠えた。


「やっぱり大谷はすごいな」

「うん、かっこいい」

テレビの前の男たちが口々に言った。

「こんな日本人、今までいなかったよ」

彼らも後半のスタートまでの束の間の観戦をしていた。

「憧れることはやめよう、というのもカッコよかった」

〝（メジャーリーガーに）憧れてしまっては超えられない。超えるために、トップになるために来たので、今日1日だけは彼らへの憧れを捨てて、勝つことだけ考えていきましょう〟

試合前にロッカールームで大谷がナインに語った言葉を引き合いに出す男がいた。私たちより年下の50代、40代の連中が、同じようにメジャーリーグの話題で盛り上がっている。

「だけど、イチロー、松井がいたから今の大谷につながるんだよ」

「そりゃあそうだ」

「イチロー、松井だけでなく、黒田、ダルビッシュ、何人もの日本人選手がいたからな」

「それを言うなら、なんと言っても野茂だよ」

野茂英雄の名前が出た。１９９５年にＬＡドジャースでメジャーデビューし、独特のトルネード投法で最多奪三振を記録し新人王に輝いた。

「そうだ野茂がいた」

「レジェンドは野茂だ」

「なんと言っても、最初の日本人大リーガーだからな」

「もう30年近い昔のことだぜ」

――違うよ。今から60年昔に最初の日本人大リーガーがいたんだよ。

彼らに言いたかった。

「スタート時間に遅れるぞ！」

そう急かされて、私たちは立ち上がった。

――野茂の前に、日本人のメジャーリーガーがいたんだよ。

そう呟きながら、私は10年前のニューヨークの夏を思い出した。

【2013年7月11日】　ニューヨーク

タイムズ・スクエアの電光掲示板が華氏87度（30℃）を表示していた。7月はニューヨークの1年で最も暑い月だ。

42丁目のタイムズ・スクエア駅から地下鉄7番フラッシング線に乗ると、30分ほどでメッツ―ウィレッツポイント駅に到着する。地下2階のプラットフォームから1階上の改札を通り抜けて地上に出ると、目の前にCITY FIELDと大きな文字が描かれた赤茶色の建物がそびえていた。

地上に視線を下ろすと、道路の向こう側で長身の男が私に手をあげている。約束の時間より5分早く着いたのに、彼はすでに来ていた。

――マッシーらしいな。

私は思った。

彼は、約束の時間に遅れたことがない。遅れるどころか、必ず私より早く来ていて、私が彼を待ったことが1度もない。

私は遅刻しないが、約束した日に待ち合わせの場に向かっている私に、「どうしたんですか？」と催促電話をしてきたことが２度あった。いずれの場合も、彼が翌日の別人との約束時間と勝手に間違ってのことだった。気遣い細やかな彼の日常に接していると、抜けたところなどなさそうなのに時々抜けたことをする。そんなおっちょこちょいのところを私は好きだ。

「待ちましたか？」

「私も今来たところです。ひと列車だけ、私の方が早かったようです。ところで、今日は迷いませんでしたか？」

「いじめないでくださいよ」

私を揶揄するマッシーに、苦笑させられた。

ホームランダービー観戦の昨日、初めて下車した地下鉄駅で、約束場所が見つからず、彼を30分も待たせてしまったのだ。

その反省から、今日は地下駅から地上に出た場所で待ち合わせた。これなら迷うことはない。

「こっちです」マッシーは球場の１塁側入口を指差し歩き始めると、「すっかり夏ですねえ」周囲を見回した。

そう言われてみると、ノースリーブとショートパンツの女性たちの姿が昨日より多くなっている。今日は最高気温が３度高かったというが、１日でのこの服装の変わり様は、急ぎ足の夏の到来を感じさせた。

応援選手の背番号のユニフォームを着、応援チームの帽子を被ったファンが、年にひと試合だけの野球の祭典を楽しもうと続々と球場に駆けつけている。まだ野球場に入ってもいないのに、そんな潮流の中にいるだけで、気持ちがわくわくしてくる。

試合開始まで、まだ1時間以上あった。

私たちは、近くのベンチに腰を下ろした。

「昨日は、ヤンキースのカノーかナショナルズのハーパーが優勝する、と予想していたんですけどね」

先ずは前日のホームランダービーのことが話題になった。

「オールスター戦に選ばれていないセスペデスが優勝するとは……」

ダービー戦を制したヨエニス・セスペデスは、デビュー2年目の新人でオールスター戦には選出されていない。本戦未選出の選手がホームランダービーに出場するのは数少なく、優勝するのは初めてのことだった。

と、1人の男が私たちの方に向かい歩いてきた。数年前にアカデミー賞を受賞した映画『幸せの隠れ場所』の主役を思い出させるような巨漢の黒人で、襟元にオレンジ色のストライプが入った紺色のニューヨーク・メッツのスタジャンがよく似合っている。

男が目を合わせてきた。何かを話したそうなふうに見えた。

「ハーイ（やあ）」

「ハーイ（やあ）」

「日本人か？」

「そうだよ」

私が答えた、

「オールスター戦を見に来たのか？」

「そうだよ」

「わざわざ日本から来たのか？」

「勿論だ」

私は頷いた。

男はわざとらしい驚きの表情をし、〝最高だぜ〟と親指を立てたグー握りの拳を私につきだした。

「今は、日本人のメジャーリーガーが大勢いるからなあ。ヤンキースにはイチローとクロダがいるし、今日の試合でもピッチャーが二人選ばれている」

今年のオールスター戦には、テキサス・レンジャーズのダルビッシュ有と、シアトル・マリナーズの岩隈久志が選ばれていた。

「俺はヤンキースではなくメッツのファンなんだ」

「あなたの服装をみればわかりますよ」

スタジャン胸元のオレンジ色ＮＹの刺繍文字が鮮やかだった。

そのまま通り過ぎると思っていた男は、私たちの前に立ち止まると、若い頃に立川の米軍基地に勤務していた、と自身のことを話し始めた。

——長話になると面倒だな。

私は思った。

アメリカでは、こういう類のフレンドリーな輩と出くわすことがよくある。そして、話を切るタイミングを見つけられずに思いもよらぬ長話になってしまう。それを分かっているマッシーは、男の声かけに最初から応えようとしなかった。

——適当に対応しておいた方がいいよ。

マッシーの顔が、私に助言している。

男は私たちの思いに気づくことなく、現在はブロンクスに住み年金生活をしていること、シティフィールドにメッツの試合を見に来ることが数少ない楽しみだ、と言った。

「俺の兵役は、朝鮮戦争（１９５３休戦）とベトナム戦争（１９６４〜１９７３）の狭間だったので、戦場の最前線に出ることなく無事に退役できた。ラッキーだったね」

放っておくと、まだ暫くは男の話に付き合わされそうな気配だ。

——潮時だな。

そう思って私が立ちあがろうとした時、男が思わぬことを口走った。

「ずっと昔、この球場で日本人投手が登板したのを見たことがあるんだ」

「ずっと昔？」

「1964年のことだ」

「1964年なんて、よく覚えているね」

「この球場で前回オールスター戦があった年だったから」

そう、シティフィールドで前回オールスター戦が開催されたのは50年前の1963年のことで、〝半世紀ぶりにシティフィールドで！〟というキャッチコピーを何度も目にしていた。

「しかもその時の対戦相手はSFジャイアンツ。メッツが誕生する前までこの球場を本拠地にしていた」

「！」

50年前の日本人メジャーリーガーというと、マッシーしかいない。野茂英雄がデビューしたのは20年前のことだ。

私は、思わずマッシーを見た。

しかし、彼は小さく首を振ると肩をすくめた。その仕草が男へのものなのか、それとも私に向けてのものなのか、どちらにも受け取れた。

「選手の名前は？」

「名前までは覚えていないよ。でも、たしかそいつは、その次の年もシェイ球場で登板した」

――今、君の目の前にいるのが〝そいつ〟だよ。

そう言いかけた時、マッシーが首を横に振った。明らかに私に向けてだった。

――俺のことは話さないで。

無言で私を制していた。

——どうして？

今度は私が肩をすくめた。

それには応えずに、

「さあ、そろそろ野球場に入ろうか」

と、マッシーは立ち上がった。

男は頷いた。

「オールスター戦を楽しもうぜ！」

「ありがとう。君もね」

私たちは軽くハイタッチをして別れた。

男と話している間に、球場に向かうファンの流れが更に大きくなっていた。

私たちは、足早に入場者の列に続くと、モスグリーンの帽子とスポーツシャツ姿の球場スタッフの出迎えを受けてゲートを通った。やたらに長い急勾配のエレベーターが観客席へと運んでくれる。

お気に入り球団のユニフォームを着ている観客が多い中で、普通のスポーツシャツ姿の私は少し肩身が狭い思いがした。

既にグランドに散った選手たちは、柔軟体操をしたり、キャッチボールをしたりしていた。

ダッグアウト後ろに用意された席に座ると、センターフィールドでダッシュを繰り返している選手をマッシーが指さした。

「あの選手、これからの大リーグを代表する打者になりますよ。去年３割、30本塁打、30盗塁を達成して新人王を取った選手です」

パンフレットを見ると、ＬＡエンジェルス所属のマイク・トラウトという名前だった。

「あ、あそこに二人がいますね」

マッシーが、キャッチボールをしているダルビッシュ有と岩隈久志を見つけた。

私は、思わず通路を客席の最前列まで移動して、大声で二人に呼びかけた。

「ダルビッシュ！」

「岩隈！」

しかし、私の声は彼らには届いていない。

おい、こっちを振り向いてくれよ！――そんな気持ちで何度も呼びかけた。

「ダルビッシュ！」

「岩隈！」

私のミーハー振りに、マッシーは苦笑している。

自分が気恥ずかしくなり、少し照れた。

「嬉しいですよね。日本人選手がメジャーリーグの球場にいる姿を見ることができるって」

「今日は特別ですよ。１２００人からいるメジャーリーガーの中から選ばれたのだから」

「思わず興奮します……これって愛国心なんでしょうか」

「かも知れませんね。我々の世代にはまだそういうものが残っていますよね」

長身のダルビッシュと岩隈はメジャーリーガーたちの中にいても見劣りしない。スター選手と談笑する姿は頼もしかった。

「私がアメリカに来た頃には、こんな光景はまったく想像できませんでした。メジャーリーガーは遥か雲の上の存在で、メジャーのマウンドに立つことは私の憧れでした」

そう言うと、満員のスタンドを見回し、口元を緩めて私を見た。

「さっきの男が話していた日本人投手というのは私です」

――やっぱり、そうだった。

「私がデビューしたのはこの球場だったんですよ。その時は、シェイ・スタジアムという名前でしたがね」

「さっき、話そうとしたら、マッシーが止めるから」

「嫌じゃないですか、もしもあそこで騒がれたら。……もっとも、50年も昔の話だし、それも実質1年しか活動しなかった大リーガーに関心を示す人もいないでしょうけれどね」

と、自嘲気味に微笑った。

「あの日もナイトゲームでした。9月になっていましたが、夏の暑さがまだ続いていました。……初めてのニューヨーク。初めてのメジャーのユニフォーム。そして、初めてのメジャーのマウンドでした」

私に言うでもなく、ひとり言のように呟くと、何かを思い出すように遠くを見る目になった。

「——」

４万人の観衆の中、選抜された64人のスター選手が勢揃いしている。

２０１３年７月16日——84回目の米国大リーグ・オールスターゲームが、ニューヨークのシティ・フィールドで始まろうとしていた。

I章　シェイ・スタジアム

1

1964年9月1日。ニューヨーク・シェイスタジアム。

カクテル光線が放つ光に目がつぶれそうだった。

昨日まで投げていた1Aマイナーリーグの球場とは明るさが数倍違う。眩しい。

6基の照明灯が自分を見下ろしている。容赦なく襲いかかってくる強い光線。しかし、それがマウンドに向かう自分を鼓舞しているようにも感じた。スタンドを埋め尽くしている4万人の観客の総立ちは、明らかにメジャーリーガー誕生の祝福に間違いない。

3時間前に初めて袖を通したジャイアンツのユニフォーム。相手は1昨年誕生したばかりの球団ニューヨーク・メッツだ。

緊張はなかった。

——これまで通りのピッチングをやればいい。

自分にそう言い聞かせた。

4月に渡米してから5ヶ月が過ぎている。4週間の研修の後、1Aリーグのフレズノ・ジャイアンツに所属し、106インニングを投げて159３振を奪っていた。

――メジャーと言っても、野球には変わりがない。

生来の物おじしない性格がそう思わせていた。メジャーリーガーに関する知識はまったくないし、強力なパワーに対する恐れもない。マイナーリーグで認められた奪三振の投球はそのまま通じると思っている。

そうは言っても、やはり緊張しているのだろう。ブルペンからマウンドまでの距離がいつもより遠く感じる。

グラブをつけた右手と左手でボールをシャッフルしながら、知らぬ間に、鼻歌を口ずさんでいた。

〽ウエヲ　ムーイテ　アールコウォォ……

地方ラジオ局の ディスク・ジョッキー番組で放送された『SUKIYAKI（上を向いて歩こう）』は、発売されると、ノンプロモーションにも関わらずビルボード誌、キャッシュボックス誌で1位の大ヒット曲になっていた。日本語の歌詞は分からないが、間奏の軽快な口笛が好評で、楽しげに口笛を吹く人が多かった。

〽シアワセワ　クモノウエニ……
シアワセワ　ソラノウエニ……

投球プレートに足がかかり、マッシーの歩みが止まった。

8回裏、4対0でリードしているメッツの攻撃。8回まで6安打無得点に封じているアル・ジャクソンの投球内容からして、ジャイアンツ打線が最終回に4点差を追いつくのは難しい。敗戦処理の投手が登場する典型的な場面だし、メジャーに昇格したばかりの新人投手を試すにも絶好の機会だ。

敗戦処理の起用ではあっても、マッシーは、4万人の歓声を浴びてマウンドに立っている自分が信じられなかった。なにしろ、3日前に突然遠征中のネバダ州で通告を受け、昨日サン・フランシスコからはるばるニューヨークに着いたばかりだ。チームに合流したのは数時間前のことで、まさか自分に登板命令が下るとは思ってもいなかった。

改めてスタンドをぐるりと見渡した。外野席までほぼいっぱいに埋め尽くされている。

これまで投げていた1Aリーグの試合だと300人から500人の観客だが、今日は百倍近い4万人を超える観客が球場を埋めている。

遊撃手のホセ・パガーンがマウンドに小走りに来ると、2塁からハル・ラニーヤ、3塁からジム・ハートが続いた。1塁からは前年アメリカン・リーグのホームラン王ウィリー・マッコビーがのしのしとやってきた。

皆が声をかけてくれるのだが、何を言っているのかわからない。いずれにしても、メジャーのマウンドに初めて立った日本人投手を励ましてくれていることは間違いない。

〝Yah!（うん）、Yah!（うん）〟

適当に頷き、あとは、精一杯の笑顔を返すだけだ。

マッシーの笑顔に安心したのか、口々に〝グッドラック！〟を発して4人は守備位置に戻っていった。マッコビーが、去り際にファーストミットでマッシーの尻を強く叩いた。

バッターボックスに目をやると、捕手のデル・クランドールが両手を上げてマッシーを迎えた。13年間プレイしてきたミルウォーキー・ブレーブスから移籍してきたベテラン捕手は、1Aからいきなりメジャーに昇格した新人投手の球を受けることを楽しみにしていた。しかし、昇格当日にそういうことになるとは思ってもいなかった。彼がどういう投手なのか、どういう球を投げるのか、まったく知らない。ムラカミという名前を知ったのでさえ、数分前の場内アナウンスだ。肩慣らしの3球を立ち上がったままで受けると、腰を下ろした。スリークォーターから振り下ろす球がミットのど真ん中に飛び込んできた。全力ではないが、ミットに入る直前に伸びがあった。2球目。速度を増した球がバシッといい音を立ててミットに食い込む。バッターボックスに差しかかるところで、ほんの少しだけボールが浮いた。素直だが、打者に甘い顔は見せない球だった。

次に投げたカーブもいい角度で曲がった。

――イケるかもしれない。

グランドールは思った。

投球をしてみると、25・4センチの高さがいい感じで、ホームベースまでの18・44メートルも近くに感じられた。腕もよく振れている。フレズノで突然の通告を受け、サンフランシスコからニューヨークまで慌ただしく移動してきた強行軍の疲労は感じない。

最初の打者は5番打者チャーリー・スミス。しかし相手が誰であろうと関係なかった。スミスだろうがトムスだろうが、誰が誰だかわからない。ただ1つだけマッシーには決めていたことがあった。それは、メジャーのマウンドから投げる最初の1球は直球、ということだった。今の投球練習でも最後に決め球の直球をド真ん中に投じ、それをアピールした。

マッシーの意図が伝わったのか、クランドールからの最初の配球サインは直球だった。

サインに頷き、外角低めに力一杯の速球を投げる。

「ストライク！」

最初の球が狙い通りに決まり、気持ちが楽になった。2球目は少し中に入ったが低めに決まり、スミスは見逃した。

「ストライク、ツー！」

右手を突き出すアンパイアの声が響くと、気持ちに余裕がでてきた。

——よし。

マッシーは攻めのピッチングで行きたいと思った。

マスク越しに見る捕手の顔にもそれがうかがえる。次の要求はインコース高めの外し球だった。1球遊ぼうという戦略で、マッシーは素直に頷いた。

そして、1球外した後の4球目は初球と同じ外角低めの直球で勝負だ。

「ストライクスリー！」

結局1度もバットを振らせることなく最初の打者を4球で見逃し三振に打ち取った。

――いけるぞ。

マッシーは、自信らしきものを持つことができた。

ところが、次打者の捕手カニザロに真ん中寄りに甘く入った直球を中前に運ばれた。少しコースが甘くなっただけで、見逃さない。

――やはり、メジャーの打者はすごい。油断は禁物だ。

しかし、最初の打者を三振に仕留めていたので、動揺はなかった。

そして、次の7番クランプールをスミスと同じ内角低めの速球で見逃し三振に、8番マックミラーを遊撃ゴロで仕留め、1安打23振0点で1イニングを抑えた。

マッシーはホッとしてマウンドを下りた。

「ナイスピッチング！」

「グッドジョブ！」

5時間前に顔を合わせ、15分前にマッシーをメジャーのマウンドに送りだした監督のアルヴィン・ダークがハグして迎えると、ナインが握手を求めてきた。選手たちの分厚い掌が、温かかった。

ピッチングコーチに促されたマッシーが、再びダッグアウト前に姿を現してスタンドに手を上げると、観客の拍手が一層大きくなった。

9回表、ジャイアンツの最後の攻撃になった。ここで同点に追いつくか逆転するかしないと、自分の今日の出番はない。

ベンチに腰を下ろしたマッシーは、改めてグランドを見た。

マウンドにはメッツのエース、アル・ジャクソンが完投目前で立っている。

——さっきまで、あのマウンドに俺はいたのだ。

初めて訪れたメジャーの球場で、それまでは思うことさえなかった、メジャーのマウンドに抱いた憧れ。

アメリカの地を踏んだのはつい先日のような気がする。そして、山奥の村で竹バットで野球をしたのもつい最近の気がする。

球場を映し出している光線のはるか天上の夜空は、地球の裏側の日本にまでつながっている。故郷の稲穂が黄金色に変色を始め、間も無く稲刈りが始まる季節だ。マッシーは故郷の田園風景を思い出していた。

山梨県北都留郡大月市――富士山の北東30キロに位置し、富士山の景勝地として知られている地でマッシーこと村上雅則は生まれた。市の南部に山中湖に発する桂川とその支流が流れ、1000メートル級の山々が集落を取り囲むように聳えている。

太平洋戦争戦局が敗色濃厚になりつつある昭和19年5月6日、マッシーは生まれた。父・清、母・富子、4歳上の治子、2歳上の享子の姉が居て、3人姉弟の末っ子だった。父親は従軍中で不在だった。

終戦を迎えた2歳の時に、父親は中国東北部で従軍中で不在だった。

父親が舞鶴港に帰還したのは終戦から2年後、4歳の誕生日の2日後だった。端午の節句は過ぎたばかりの初夏の日差しの中で、3匹の親子鯉が泳いでいた。

仲間と遊び疲れて、「たっだいまぁ！」と戸口に駆け込むと、家の中の様子がいつもとは違っていた。

――何があったのだろう？

ドキドキしながら座敷に上がると、奥座敷に座る祖父母の横に初めて見るおじさんが並んでいた。怖そうな人で、それが初めて見る父親だった。

実際父は厳格でとても怖かった。いたずら坊主だったマッシーは、毎日のように頬っぺたを平手打ちされた。朝寝坊したと言っては叩かれ、いたずらをしては叩かれ、ちょっとした不注意で物を壊した時でも容赦なく叩かれた。特に苦手なのは竹箒で叩かれるお仕置きで、竹のしなりがピシッと肉に広がり、痛かった。父親は猿橋町の郵便局長で、母親は機織りもしていたが、自給自足が当たり前で家では農業もやっていた。

マッシーは小さい頃から畑仕事を手伝った。落ち葉を寝かせ、裸足で練って肥やしを作り、手づかみで撒く。苗床作り、堆肥作りだけでなく、除草、稲刈り、脱穀……米作りもやった。

子供たちの中でも身体が大きいマッシーは、小学校に入学する頃には近所のガキ大将になっていた。桑畑に入り枝を折ると、柄の部分を切り外しそれを刀に見立ててチャンバラごっこに夢中になった。

子供のおもちゃは無い時代で、遊び道具も自分達で作った。手先が器用なマッシーはここでもリーダーで、チャンバラ刀に始まり、竹トンボ、竹バット、杉の木のおもちゃの小舟……総て手作りだった。

小学校に入学する頃に、「マサちゃんは大きくなったら何になるの？」と訊かれると、必ず、「大工さん！」と答えていた。

その時代、メンコ、ビー玉、ベーゴマは、男児の3大遊戯だった。戦闘的な遊びで地面に釘を刺して陣取り合戦をする釘刺しもあった。

まだテレビの無い時代で、プロ野球、相撲、プロレスは殆ど知らなかった。ただベーゴマにはスポーツ選手の名前が彫ってあり、メンコにも力士や野球選手の姿が描かれていた。

テレビを初めて見たのは小学5年生の時で、村に一軒だけのテレビがある家に集まり、大勢で白黒の画面を観ていた。

1番人気はプロレスで、力道山は国民的ヒーローだった。相撲は栃錦、若乃花の時代で、横綱には栃若の他に長身の千代の山と太鼓腹の鏡里がいた。

　野球選手はメンコに描かれている川上哲治、大下弘、青田昇、杉下茂たちが人気だった。マッシーは〝背番号16〟、赤バットの川上のファンだった。

　3塁がない三角形内野の〝三角ベース野球〟で遊ぶことが多く、軟式テニスのボールを使った。4年生でソフトボールを始めると、5年生にはチームのエースになり、市内の大会ではいつも決勝まで進出した。中学生になって、ソフトボールにもの足りなくなると、軟式野球に熱中するようになった。しかし、軟式野球にはグローブが必要だ。中学生のマッシーが、小遣い貰えるのは正月と村祭りの時くらいだし、その辺に落ちている釘や銅線を集めて回収業者に売ると5円とか10円になるが、1日がかりの仕事だった。だから、グローブなど買えるわけがない。そして、マッシーが使う左利き用グローブは県庁所在地の甲府にしか売っていなかった。また、父に「グローブを欲しい」などと言うと、「そんな贅沢を！」と叱られそうで、怖くて話せなかった。

　それでも「グローブ欲しいんだよな」と毎日のようにうそぶいている弟を見かねて姉の治子が知恵を貸してくれた。

「マサノリ、お父ちゃんが毎月甲府に行くでしょ、その時がチャンスよ」

　父が月に1度郵政業務で甲府に出張する。その時にお願いしろ、と言う。

「だけど、叱られそうで、グローブを買ってなんて話せない」

「だから出張日の前の夜に、〝グローブを買ってきて下さい〟と枕元に手紙を書いておくのよ。

そうしたら、話さなくて済むじゃない」

清の甲府出張の前夜、マッシーは1字ずつ丁寧に書いた手紙をこっそり父親の枕元に置いた。

それでも、

――あの手紙に気づいてくれるだろうか。

――グローブをおねだりしたことを叱られるのではないだろうか。

自分の布団に潜り込んでからも気が気ではなかった。

翌日、帰宅した父が「雅則、グローブを買ってきたよ」とカーキー色のグローブを差し出した。手のひら部分は豚の皮で、甲は布でできたグローブだった。それまで色々もらった中で、1番嬉しいプレゼントだった。

「お父ちゃん、ありがとう」

素直に感謝の言葉が出た。

「欲しかったんだろう」

堅物の父が相好を崩した。そんな優しい顔の父を見たのは初めてだった。

母も二人の姉も「よかったね」と喜んでくれた。

――みんな、僕のお父ちゃん、お母ちゃん、お姉ちゃんなんだ。

なんだか幸せを感じた。

3

【2013年7月11日】　ニューヨーク
「MLBのオールスター戦を観に行きませんか？」

マッシーから誘いの電話を受けたのは、5月下旬の雨の朝だった。全国的に早い梅雨入りが予想され、東京でも平年よりも10日早いと報じられていた。

「メジャーリーグのオールスター戦ですか？」

「そうです、一緒に行きましょうよ」

私をその気にさせるのには十分魅力ある誘惑だった。

開催日は7月16日。場所はニューヨーク市シティフィールド。

しかし、ニューヨークに行くなら、往復の移動日もあるし、1週間は必要になる。それにしても、年に1度、1試合だけのメジャーリーグのオールスター戦。こんな機会は2度とないだろう。予定はなんとか調整すればいい。

「行きましょう！　お願いします」

私は即答した。

開催地がニューヨークというのも魅力だった。ミュージカル観劇ができるし、久しぶりに旧知の友人たちとも会える。

7月11日の昼下がり、ケネディ空港に着陸した。

車の渋滞もなく、タクシーは空港から50分で5番街にあるホテル・アルゴンキンに到着した。


チェックインを終えると、ポーターが近寄ってきた。見覚えある顔だった。

「久しぶりですね」

彼も私を覚えていた。

「1年ぶりですか？」

「いや、2年近くになる」

「もうそんなになりますか。ついこの間、〝じゃあまた〟とお別れしたような気がします。今回は何を観るのですか？『マンマ・ミーヤ』ですか、それとも『スパイダーマン』？」

彼の口からタイムズスクエアのビルボードを飾る作品名が出てきた。

10年前から度々ニューヨークを訪れ、ミュージカル観劇するようになった私が、彼と言葉を交わすようになったのは5、6年前からのことだ。

「今回の一押し作品は何ですか？」

私は、野球の素振りスィングをした。

「MLBのオールスター戦！」

「？」

ボーイは怪訝な顔をして私を見た。

「今週の日曜日開幕。場所はシティフィールド劇場！」

「！」

野球好きの彼はすぐに私のジョークを理解した。

「そうですか！よく切符が手に入りましたね。アメリカでもなかなか手に入らないというのに」

羨まし気に言った。

4

念願のグローブをもらい、野球に熱中し始めたマッシーだったが、中学生になる直前に、息子に医者になることを強く望む父親から野球禁止を言い渡された。

父親は、マッシーが将来は医者になることを望んでいた。そう望むことの理由に彼の戦争体験が大きくあった。満州で、シベリアで、どれだけ多くの戦友たちを失くしたことか。そして、きちんとした医療手当てができたなら一命をとりとめた者がどれだけいたことだろう。

3年間近くのシベリア抑留を終えて5年振りに祖国に帰った時、4歳の息子は座敷に居る自分を見て、怪訝な顔をした。初めての父子対面なのだから無理もない。山遊びから帰ってきてあちこちに泥がついた顔は、悪戯小僧のわんぱく坊主だということを物語っていた。わんぱく坊主であっても、利発そうな顔つきをしているので嬉しかった。

「人の命を救う医者は、やりがいがある仕事だ。だからお前は医者になりなさい」事あるごとに話をした。並みの学習量では医者になれない。だから野球をするとはもってのほかで、そんな時間があるのなら、勉強に回すべきだ。だから、清は野球をやることを禁止した。

「医者になれ」というが、自分では「大工さんになる」と決めているマッシーだし、その上、勉強を強いるだけでなく勉強時間がなくなることを理由に野球を禁じる父親には取り付く島がなかった。

マッシーは地元の七保一中に入学した。2年になる時猿橋中学に転校したが、そこはクラブ活動が盛んな学校で、新入生が入ってくると2、3年生は勧誘に忙しい。マッシーもいくつもの部から誘われるが、父親の勉強優先方針があるのでどの部にも入ることができず、それだけでなく、医者の道に進むための塾通いも課せられてしまった。

運動部の1番人気は野球部で大勢の新入生が入部した。放課後、ユニフォーム姿で練習に向かう部員たちが羨ましかった。そして、彼らを横目に下校するのが1年も続くと、塾通いの毎日が嫌になっていた。父の命令にも我慢できなくなり、昼休みに部室に行き部員たちとキャッチボールをするようになったのは2年生の夏休み前だった。時々しかボールに触れる機会がなかったのに、マッシーの投げる球は速かった。

野球部監督の古屋正吾は、部員ではないのに、休み時間に部員たちとキャッチボールして

いる生徒をしばしば見かけていた。活き活きとしたその生徒の動きが印象的で、

——そんなに野球が好きなら、野球部に入ればいいのに。

と思っていた。

たまたま部室に立ち寄った昼休み。あの生徒が部員たちとキャチボールをしていた。

「君、いつも昼休みにキャッチボールしているね」

そう声をかけると、生徒は照れ臭そうに、ペコリと頭を下げた。

「先生、こいついい球を投げるんですよ」

古屋は部員のグラブを受け取り、マッシーの球を受けた。ボールが胸元に飛び込んできた。傍目で見ているより伸びがある球だった。３球受けてから、腰を下ろした。

「思い切り投げてみろ！」

構えているド真ん中に速球が放り込まれた。５、６球投げた球は全て速球だったが、どの部員投手が投げる球よりも速かった。

「お前、良い球を投げるなあ。野球部に入らないか。すぐにエースだ」

「学校終わったら直ぐに帰らなければいけないんです」

「そうか、それは残念だな」

——家庭の事情があるのだ。

古屋はそれ以上誘うことはしなかった。

すぐにエースだ、という古屋の言葉は忘れようとしていた野球への想いを蒸し返すものになった。マッシーは次第に塾通いをさぼり野球部の練習に潜り込むようになった。

しかし、それは直ぐに父親の知るところとなり、野球をやめさせるように担任教師に抗議をする清に。マッシーは野球を諦めざるを得なくなった。

そこに待ったをかけたのが古屋だった。

あの日から間もなくして部活に参加するようになった生徒は、毎日嬉々として練習していた。2年生の9月からの入部ながら、彼の明るい性格はすぐに部員たちとも打ち解けていた。

その生徒に父親から部活禁止の声がかかり、担任を通じて学校側にも抗議があったという。古屋は村上を応援しようと思った。野球の才能だけでなく、彼の明るい性格は、好きな野球を続けることでますます磨かれていくもので、それは彼の人生に大いにプラスになることだ。

「雅則くんは素質があります。学業がおろそかにならないように指導をしますから、野球を続けさせてあげてください」

と清に懇願してくれた。

こうして、マッシーは担任教師、野球部監督、父・清の前で学業にも励むことを誓い、晴れて野球部に入部することになった。

それまで県下で目立った存在ではなかった野球部だが、マッシーの入部でめきめきと力をつけ、大月大会で優勝するまでになると、〝猿橋中学のエース村上〟の名前は県内で知られるようになっていった。

それは、高校野球の甲子園熱が全国で盛り上がりを見せている時代だった。１９５９年夏の甲子園大会決勝戦では、西条高校と宇都宮工業が延長15回３時間34分の死闘を繰り広げ、それからの数年間に浪商、法政二高、作新学院等の強豪校が優勝旗を手にした。優勝投手の尾崎行雄、柴田勲、八木沢荘六らは高校生ながらマスコミにも取り上げられ高校野球ブームに拍車をかけた。

そんな高校野球熱高騰の中で、猿橋中学のエースにも県下の甲府工業，都留高校から勧誘がきた。ただでさえ、息子が野球をすることが気に入らない清は、この争奪戦に良い顔はしなかった。やがて、噂を聞いた法政二高の田丸監督までが訪ねて来ると、清の気持ちは更に頑なものになっていった。法政二高は57年から59年まで神奈川県大会で連続優勝し、甲子園に出場している名門校だ。

マッシーは野球をやるのが楽しくて仕方なかった。楽しいだけでなく皆が嬉々として声援を送ってくれる。このまま野球を続けていたい、というのが本音だった。しかし、あの頑な父親がそんなことを許すわけがない。最初から諦めていた。

奥秋武夫はついこの間まで鼻垂れ小僧だった孫息子が、中学とは言え、エースとして野球で活躍することを喜んでいた。

奥秋家は広大な山林、田畠を所有する大地主で、醤油の製造販売をしている旧家だった。

また明治時代の設置以来、代々郵便役所長を務め、郵便局と改称されてからも局長を務めてきた。郵政業務の長であることは名家の証明でもあり、戦地から帰還後は清がその仕事を引き継いでいた。

武夫は県下でも数少ない慶応大学卒業生で、学生時代には神宮球場に通う野球ファンでもあった。

孫の雅則には、甲子園常連の法政二高からも勧誘があるという。法政二高に入学すれば甲子園に行くことは勿論、法政大学に進学し神宮のマウンドに立つことも夢ではない。清は雅則を医者にしたがっていると聞くが、エースとして甲子園に出場し、大学リーグで神宮のマウンドに立つことの方がどんなに誇らしいことか。医者になるのはその後でも遅くはない。

「雅則、法政二高に1度行ってみるか。ワシが連れていってやろう」

年の瀬が近づいた時、武夫が切り出した。

義父にそう言われると、反対することもできず清は仕方なく承諾した。

祖父に連れられて川崎にある法政二高を訪ねたのは、年が明けた1月、松飾りが取れたばかりの日だった。

前夜まで降った雨で路面はぬかるみ、冷えこんだ空気で吐く息が白かった。霜が降りたグランドは使えず、学校前の道路を軽く走り、ピッチングを披露することになった。手渡されたのは硬式ボールで、マッシーは手にするのは初めてだった。球を受けるのは前年夏の甲子園大会で全国制覇した時のエース柴田をリードした2年生捕手の奈良だ。田丸監督は、奈良を相手に投げるマッシーの投球を、何も言わずにじっと見ているだけだった。

それまで硬球を握ったことがないマッシーだったが、軟球とは違う硬いボールの感触と投げる時の重い感覚は嫌ではなかった。
15、6球ほど投げただろうか、
「ご苦労さん、どうもありがとう」

田丸の声でマッシーはピッチングを終えた。

奈良は駆け寄ってくると、「ナイスピッチング」と言ってマッシーが返すグラブを受け取った。正月だと言うのに、前年の日焼けが残った浅黒い顔の中のクリクリ目玉の笑顔にマッシーは好感を持った。

「ありがとうございました。後ほど私の方からご連絡させていただきます」

田丸は武夫にそう言うと深々と頭を下げて踵を返した。

帰りの電車の中で、マッシーは自分が少し大人になった気がした。初めて手にした硬式球。翌年全国制覇することになるチームの正捕手がマッシーの球を受けた。見守る田丸監督からも、野球を職業にしている人、という空気がひしひしと伝わってきた。

「寮費は不要だから受験して野球部に入部するように」

大月の家に帰ると、法政二高からの連絡が入っていた。

【2013年7月12日】　ニューヨーク

ホテル・アルゴンキンはタイムズスクエアまで徒歩10分、ブロードウェイの劇場街も至近で、主な劇場に徒歩で行くことができる。1階レストラン「ラウンドテーブル」と、名物猫ハムレットで、知られているホテルだ。

1919年から1929年の約10年間、昼食どきのこのホテルのレストランに雑誌記者、編集者、評論家たちが会話を楽しむ社交サークルができていた〝Vicious（不道徳な、悪名高い）Circle〟と名付けられたこの会は、ウィット溢れる会話が交わされる中、当時の文化を生み出すユニークなサークルになっていく。最初はオークルームの長方形テーブルで食事をしていたが、人数が増えたので場所をローズルームの円卓（ラウンドテーブル）に移し、いつしか〝アルゴンキン・ラウンドテーブル〟と呼ばれるようになった。

もう1つ、名物猫ハムレットがいることでも知られる。1920年代にホテルに迷い込んできた猫がいた。赤茶の毛色をしていてラスティ（錆び）と名付けられるが、当時アルゴンキンで暮らしていた名優ジョン・バリモアが主役を演じたシェイクスピア劇『ハムレット』が大ヒットしたことから、ハムレットと改名されることになり、それからは、新しく飼われる猫にハムレットの名前が受け継がれている。

ミュージカル『マイフェアレディ』は、バーナード・ショーのオリジナル戯曲をアラン・ジェイ・ラーナーがアルゴンキンに宿泊して台本にしたと言い伝えられていて、ブロードウェイで新作ミュージカルが発表されると、今でもラウンドテーブルに愛好家たちが集まりミュージカル談義がされている。

ニューヨーク到着の翌朝。ワッフルの朝食を食べてラウンドテーブルを出ると、件のポーターが片目をつむり歩み寄ってきた。

「オールスター戦は週末です。今日はどうするんですか？」

「ヤンキース・スタジアムで試合を見ることになっている」

「メッツ戦ですね。確か、クロダが投げるはずです。多分イチローもスタメン出場します」

熱心なヤンキース・ファンだけに、チーム事情に詳しい。昨年黒田博樹がヤンキースに移籍し、シーズン途中にはイチローも移籍していた。４年前、ヤンキースがワールドシリーズを制覇し、今は移籍してしまった松井秀喜がＭＶＰになった直後に私がニューヨークを訪れ、上機嫌の彼と野球談義をしたことで親しくなった。

「しかし、今回のニューヨークは野球ずくめで参るよ」

「ラッキーですよ。オールスター戦の前日にヤンキース・スタジアムで試合を見れるなんて」

ニューヨークのシティマップを手渡してくれた。

「道に迷わないでくださいよ」

野球場と主だった劇場に、彼が記したマークが付いていた。

Ⅱ章　甲子園

1

清は、甲府の町で見かける傷痍軍人の白衣姿にいつも心を痛めていた。彼らは街角に立ち、アコーディオンを弾き、ハーモニカを吹きながら道ゆく人たちに物乞いをしていた。彼らを見る度に、医療手当てを受けることができずに戦地で死んでいった戦友たちを思い出した。多くの死に報いる意味でも、復員した時から、我が子を医者にする、と決めていた。

その息子の身に起こっている思いもよらぬ出来事には、戸惑うばかりだった。県内だけでなく、県外の甲子園出場常連校高からも勧誘がきている。

百歩譲って、雅則に野球をすることを許すにしても、まだ15歳の中学生だ。親元を離れて寮生活などをやっていけるのか、という心配もあった。

それが、「可愛い子には旅をさせろ、だ」と言う義父武夫の後押しでマッシーは法政二高に入学できることになる。

入寮する日の朝、父は無言で、二人の姉たちは「頑張るのよ」と励まし、マッシーを送り出した。母は心なしか寂しそうだった。

山奥の町から首都圏の大都市に移り単身生活することは、15歳の少年には、確かに冒険だった。しかし、堂々と野球ができる嬉しさで、本人は何も心配していなかった。

それにしても、新入部員が150人もいるのにはさすがに驚いた。それも、県外からの生徒が大勢いた。入寮できるのは、中学時代にスポーツで好成績で、実家が遠い生徒だった。マッシーが入寮した時には寮生が25人いて、その内15人が野球部員だった。

食事は寮のおばさんが作ってくれるが、朝晩の布団の上げ下ろしに始まり、部屋、廊下、風呂、便所など隅々までの掃除は、1年生部員の仕事だった。

7時起床―先輩の布団を畳み部屋の掃除―近くの公園までランニングして体操―寮に帰り朝食の支度―登校。昼休みの昼食後、放課後の練習の準備―練習～帰宅、という日課で、寮に帰るのはいつも夜8時を過ぎていた。

「法政二高の練習は厳しい」という噂通りだったが、野球ができることの楽しさの方が大きいマッシーは、少しも苦痛ではなかった。

当時の法政二高野球部は、60年夏の甲子園、61年春の選抜と甲子園を連覇する強豪校だった。

1957年に法政二高の監督に就任した田丸仁は、1年目に県代表として甲子園出場を果たすと、58年59年と3年連続で甲子園出場していた。

「当たり前のことを当たり前にやる」「基本を忠実に実践する」というのが田丸の指導で、

バント&ランを効果的に多用するスモールベースボール戦法を活用して、戦後最強と言われる高校野球チームを作り上げていた。

60年夏の甲子園大会に出場したチームは、2年生エース柴田勲を筆頭に3年生の幡野和男、高井準一、2年生の的場祐剛、是久幸彦……と、後年プロ野球入りする超高校級選手がひしめいていた。翌年の活動も視野に入れた田丸は、1年生7人を練習の手伝いということで、夏の甲子園大会に同行させることにした。村上もその中の一人だった。

西宮市の甲陽高校のグランドでの大会前の練習時に田丸は投球練習を終えて引き上げる村上に、

「村上、バッティングもやってみぃ」

と声をかけた。

マッシーは一瞬耳を疑った。打撃練習はレギュラーたちの貴重な練習時間だ。それを1年生部員の自分が……?

「自分がやっていいんですか?」

「ああ、やってみぃ」

遠慮するな、という田丸の口ぶりだ。

——柴田先輩がいる限り投手としての登板機会はないだろう。だから、甲子園に行っても出場機会なんかあるわけがない。

そう思っているところに、思いもかけない田丸の言葉だ。

――ひょっとすると、代打で試合に使ってもらえるかも？

と期待を抱かせてくれるものだった。

15球ほど打たせてもらったが、いい感じでバットが出た。外角球はレフト方向に逆らわずにミートできたし、内角球は１２塁間頭上を、真ん中寄りの球はセカンド塁上付近をセンターに抜けた。当たり損ねが五球あったが、そのほかの球は全てヒット性の打球だった。そんな1年生投手のバッティングに田丸は目を細めた。入部時から、柴田同様に投手としてだけでなく、打者としての才能をマッシーに感じていた田丸は、その意を強く持った。


60年の第42回夏の甲子園大会。

法政二高は1回戦で御所工業に14対3と大量点差で勝利すると、２回戦４対０浪商高校、準々決勝８対０早稲田実業、準決勝６対０鹿島高校、決勝３対０静岡高校、と２回戦以後は全試合零封勝ちで念願の甲子園初優勝を果たした。

夏の大会後、田丸は退任し、法政大学の監督に就任するが、エース柴田を含む５人が２年生レギュラーだった。

チームは、シード高として翌61年の春の選抜に出場し、第二試合北海高校、準々決勝浪商高校、準決勝平安高校と勝ち進み決勝戦で高松商業を４対０で降し夏春連覇を果たした。

平安高校に10対１と大差をつけていた準決勝の８回、田丸はマッシーを登板させた。決勝戦に備えて柴田を休ませることが主眼だったが、翌年に備えてマッシーに経験を積ませるための登板でもあった。その2イニングをマッシーは0点に押さえて期待に応えた。

夏—春—夏の甲子園三連覇を期待された法政二高だが、61年夏の甲子園は準決勝で尾崎行雄の浪商高校に4対2で敗退し、連続優勝はできなかった。

柴田勲、的場祐剛、是久幸彦の超高校生級の3人は卒業したが、最上級生になったマッシーには捕手の関根とチームを牽引し、甲子園出場する自信があった。

しかし、いざシーズンが始まると、なかなか結果が結びついてこない。

3年生が退出した後の秋の関東大会では鎌倉学園に敗れ、翌春の選抜出場はできなかった。副将として優勝旗返還に甲子園に行くというのは惨めなもので、その悔しさを二度と味わうまいと雪解けも待たずに猛練習に取り組んだ。

法政二高野球部に入部した俳優の西岡徳馬は、200人を超す新入部員に驚いた。前年の春夏と甲子園を制した野球部は少年球児たちの憧れの部だった。しかし、1週間すると、新入部員の半数が退部していった。1年生部員の中には中学時代から野球部に推薦で来ていた生徒もいて彼らとの技量の違いは明らかだった。西岡は「これは無理だなあ」と思いながらなんとなく、ボール拾いをして、グランド横に立って「いくぜー！いくぜー！」と声を張り上げる部活の毎日だった。

最上級生に村上雅則がいた。

……神奈川県には若者たちに人気の湘南海岸がある。しかし、甲子園にむけて猛練習の毎日の野球部員は、1度も海水浴に行くことはなかった。

子供の頃から故郷の桂川で泳いでいたマッシーは、水泳は得意だった。初めての海水浴だったが、川の水泳と違い、海水は体を預けるだけで浮いた。仰向けになり波に揺られていると楽ちんで快適だった。

波間に江ノ島が見え、その遥か後方にそびえる富士山が雄大だった。山に囲まれた甲斐の自然も美しいが、目の前に広がる海原の景観も素晴らしかった。山から見る富士と海から見る富士――富士山の2つの顔は、どちらも秀麗荘厳だった。

大の字になり見上げる天空には夏の太陽があった

頭の中は見事に空っぽだった。ピッチャーマウンドも、バッターボックスも、キャッチャーミットも……画像だけでなく、バットの快音、ミットを叩く速球音、土を蹴るスパイク音……あらゆる音がこの世から消えていた。

「――」

どのくらいそうして波に揺られていたことだろう。

「村上！」

潮騒混じりの声に我に返った。

身体を起こして立ち泳ぎをすると、同学年の高斎がいた。マッシーと同じ投手として入団した高斎は、肩の亜脱臼で野手に転向し正1塁に定着していた。

「お前、いつまでそうやっているつもりなんだ」

横浜育ちの高斎政英は海泳ぎはお手のもので、見事な抜き手で波をかきわけ近づいてきた。

「そろそろ上ろうぜ」

仲間は皆浜辺に上がろうとしていた。


〝氷〟の旗がたなびく海の家で汁粉を注文し、皆で頬張った。甘い小豆と柔らかい白餅が美味かった。

「海はでかいなあ。向こう岸が見えない」

初めての海水浴で、マッシーの素直な感想だった。

「ガキみたいなことを言うなよ」

皆が笑った。

「村上は山国育ちの田舎っぺだからな」

高斎がからかった。

球児達はヤカンの麦茶を回し飲みしている。汁粉のあとの冷えた麦茶は格別美味い。

「村上、卒業後はどうするんだ？」

高斎が訊いてきた。

——そうだ、卒業したらオレはどうするのだろう。

自分を医者にすると決めている父だが、高校での活躍をそれなりに認めているようだった。

そして、父以上に孫の活躍に目を細め、いずれは神宮球場のマウンドに立つ姿を望んでいる祖父は必ず応援してくれるだろう。何よりもマッシー自身が野球を続けたかった。

「お前はどうする?」

高斎の問いには答えず、逆に尋ねた。

「俺は大学で続けるよ」

「そうか」

「一緒にやろうぜ」

「うん、神宮で投げてみたいしな」

「お前なら六大学のエースなれるよ」

目の前には相模灘が、その先には太平洋が広がっている。沖の水平線を見ているとその先は果てしなく、海には終わりがないように思えた。しかし、この海の向こうにはアメリカがある。

——いつかアメリカにも行きたい。

マッシーは思った。

夏の大会が終わると、高校球児たちは春の甲子園出場を目指して活動を開始する。法政二高も、秋大会に向けて練習を始めていた。大学で野球を続けるかどうか決まっていないマッシーは、自分の練習を続けていた。

その頃、初めて顔を見る姿がグランドで目につくようになってきた。一人もいれば、二人連れの人もいる。プロ野球のスカウト達だった。前年に柴田、的場、是久、と超高校級が卒業した法政二高の彼らの目当ては村上だった。

最初にマッシーに目をつけたのは南海ホークスで、柚木進、中谷信夫の二人が前年から訪れていた。夏になると、近鉄の根本陸夫はじめ他の球団スカウトも来るようになり、その攻勢は学校だけでなく、大月の実家にも及ぶようになった。

いずれは医者の道に進ませる――そう決めて、息子が興じる野球には関知せず、1度の試合観戦すらしていない清の許にプロ野球関係者が訪ねて来るようになった。最終的には、南海ホークス、大洋ホエールズ、ヤクルトスワローズ、ロッテマリーンズ、西武ライオンズの五球団が訪ねてきた。

思ってもいなかったことが起きて、その上、「契約金は〇千万円」と、近所の野次馬連中の根も葉もない噂話が、耳に入ってくる。郵便局長の年収は百万円にもならない。堅物人間で生きてきた清は困惑し、村上家は天地がひっくり返るような毎日になった。

「1年先輩にプロ向きの選手がいる」

南海ホークス監督の鶴岡一人が息子の泰から聞いたのは、彼が冬休みの帰省をしている時だった。前年から続く夏春夏の甲子園三連覇を目指した泰の法政二高野球部は、怪童尾崎行夫率いる浪商高校に準決勝で敗退していた。

鶴岡は泰が野球の道を選び、名門法政二高に入学したのを喜ばしく思っていた。思ってはいたが、プレイヤーとしての彼の才には懐疑的だった。そこそこの選手にはなるだろうが、プロ野球で活躍するのは難しい。しかし、彼の野球に対するセンスはなかなかのものがある。選手の技量を見極める目も試合の行方を探る目も確かなものがあり、指導者としての才はある。その泰が言うのだからその先輩部員は、そこそこの選手のはずだ。

スカウトの柚木進に問い合わせてみると、既に昨年からマークしているという。

「どんな子や？」

鶴岡が尋ねた。

「身長は180センチ超あり、柴田より体格はいいです。柴田同様にバッティングセンスも悪くないんですよね」

「どんな球を放るんや？」

「球は重いし、カーブのキレもいいです。あれでもう少し真っ直ぐに力がつけばかなりいけると思います。まだ粗いですがね」

「ええやないか。粗い方が」

——高校生は未完でいい。そのほうが、伸び代があって楽しみだ。

村上君と1度会いたい、と泰に言うと、

「ステーキを食べさせてくれるなら行く、と言っている」

と、返事がきた。

いいぞ、ステーキくらいご馳走すると言うと、泰が少し口籠った。

「まだ、何かあるのか」

「先輩が、〝高いステーキを二人前食うからって親父に言っとけ〟って」

鶴岡は苦笑した。

「村上先輩、遠慮なしにずけずけ言うんだよね」

——図々しい、現代っ子なのかもしれない、
鶴岡は思った。口のきき方もろくに知らない世間知らずのくせに、野球をやらせると、野球だけには頭抜けた力を発揮する……稀に出喰わす、人間が半端な高校生が一瞬頭に浮かんだ。

しかし、いざ会ってみると、泰が言うような図々しさも、懸念していた礼儀知らずの微塵もなかった。

食事のメニューを見せて、好きなものを注文しなさい、という鶴岡に、彼が指したのは安い値段の品だった。

「遠慮しなくていい。こっちの方が美味いぞ」

というと、遠慮がちに、

「じゃあ、それでお願いします」と言った。

「二人分でいいか？」

微笑いながら皮肉ると、村上はバツが悪そうに泰の顔を見てなじった。泰は困って先輩にぺこりと頭をさげた。

——正直な子だ。

と思った。

その日は家族のこと、部活のことなど当たり障りがないことを話して別れた。

その後、2度会ったが、村上はその度に勇んでステーキを食べにきた。偶々同行した息子泰の下宿先でもある友人西野譲介が、最初に会った時に、

「何かあればあの子のことなら面倒みてもいいぞ」

と言ってきた。

下宿人の泰から村上のことを聞いていたこともあり、好感を抱いたようだったが、それにしても縁もない西野にそう言わしめる。

——生来あいつが持っている徳なのだ。

鶴岡は思った。

「ご馳走になりながら申し訳ないがプロには行かないぞ、と先輩が言っている」

と、泰からは連絡があった。

マッシーは、大学に進学し神宮球場で投げるつもりでいた。

そんな時、久しぶりに田丸監督が法政二高のグランドに顔を見せた。法大監督就任2年目の田丸は前年の六大学秋期リーグ戦、今年の春期リーグ戦を連覇していたが、秋期リーグ戦では慶應、明治に次ぐ3位に終わっていた。

「村上、田丸監督が呼んでいるぞ」

マネージャーから声をかけられ部室に行くと、机上に数冊のスコアブックを広げている田丸がいた。

「失礼します」

マッシーが入ると、「おう」と顔を上げ、机の前の折りたたみ椅子をマッシーに勧めた。田舎少年のマッシーに法政二高入学の道を拓き、野球を指導してくれた人だ。田丸のおかげで、マッシーは合宿所を根城に野球中心の充実した高校生活を送ることができた。その恩人の前で座ることはできず、立ったままでいた。

「村上、どうするつもりだ?」

いきなり、田丸が尋ねてきた。

「進学ですか?」

「決まっているだろう。他に何がある」

少し乱暴な口調とは裏腹に田丸の顔は柔和で、口元に微笑があった。

──この人は、俺の好きな道を歩かせようとしてくれている。

恩師の表情には、なぜかホッとするものがあった。

「六大学でやりたいと思っています」

「そうだよなあ」

思った通りだ、という顔になった。

「よろしいでしょうか?」

「それもいいだろう」

田丸はスコアブックを閉じると机の片隅に置いた。どうやら、田丸が大学監督に就任した後のマッシーの成績を見ていたようだった。

「大学でも、お前はすぐに頭角を現してくるだろう。投手としてだけでなく打者としてもいいものがある。(柴田)勲と同じだ」

投手として今年巨人軍に入団した柴田勲のルーキーイヤーは、わずか6試合の登板で0勝2敗、防御率9・82という成績で2年目の来シーズンは打者への転向が発表されていた。柴田の転向には、田丸は大賛成だった。上背のない柴田の直球にはどこまで伸ばせるか限界があったし、カーブの曲がりもそう大きくはなく、学生野球ならともかく、プロで投手としての柴田がどこまで通用するか疑問だった。しかし､彼のシュアなバッティングと俊足には2、3年鍛えればプロでも十分通用する非凡なものがあった。

村上にも柴田同様に二刀流要素がある。身体がひと回り大きい分スケールは大きいが、緻密さと器用さでは柴田の方に才がある気がしていた。だから、村上には最初から投手一本を目指させたかった。

「お前は勲と違い、投手として生きた方がいい」

田丸は言った。

「はい、神宮のマウンドで投げたいです」

マッシーの脳裏には、祖父武夫の喜ぶ顔があった。

「しかしなあ……」

田丸は立ち上がり、マッシーに向き合うと、と言葉を続けた。

大学の監督として自分もお前を欲しい。しかし、お前のことを考えるなら、そして投手としてプロ野球で生きていくなら、大学で過ごす4年間は得策でないかもしれない。直接プロに入り自分の投球術を早く習得する方が可能性を大きく広げられると思う……田丸は語った。

田舎町の中学生だった自分をスカウトし、指導し、育ててくれた田丸監督からそう言われると、その気でいた大学野球よりもプロ野球入りに気持ちが傾くのを感じた。しかし、田丸はプロ入りを絶対とは言っていない。そして、法政大学に入れば、また田丸監督の指導を受けることができる。マッシーはまだ決めかねていた。

１９６2年のパ・リーグ・ペナントレースは開幕から東映フライヤーズの独走が続き、６月末時点で18・５ゲーム差をつけられて最下位だった南海ホークスは後半に驚異的な巻き返しはしているものの優勝は絶望視されていた。

鶴岡が村上家を訪ねたのはそんな夏の終わりだった。

「こんな田舎までわざわざお越しいただいて……」

遠路はるばる訪ねてくる監督を、両親は恐縮して迎えた。

最上級生としてのシーズンを終えたマッシーも帰省している時で、鶴岡は誰も伴わず一人だけだった。

客間に通された鶴岡は膝を正して、

「南海ホークスの監督をしている鶴岡と言います」

と頭を下げた。

マッシーは初めて鶴岡に会った時のことを思いだした。

「村上君、鶴岡です。いつも泰がお世話になっています」

高校生の自分にそんなふうに丁寧な挨拶をする鶴岡に、

――偉いのに、腰が低い人だな、

と、大いに恐縮した。

写真やテレビで見るユニフォーム姿と違い、スポーツシャツだったが、ラフに羽織った黒色の上着の着こなしがお洒落だった。その洋服姿がとてもよく似合っているが、人気の美男浪曲師広沢虎造のような風貌で、和服姿も似合いそうだった。真っ直ぐに見据える眼差しには射すくめられる眼力がある。ボソッと呟くようなダミ声には妙な優しさがあり、浪花節に登場してくる舎弟思いの侠客の親分を連想させた。

――この人に会ったら、親父がきっと好きになるだろうなあ。

と、思ったものだった。

今日もマッシーが知るいつも通りの鶴岡だった。初対面の挨拶を終えると、球団のこと、マッシーの野球選手としての可能性、そして自分と球団が如何に期待しているか、を丁寧に話した。その語り口には、鶴岡の誠実な人柄が感じられる。会談の最中に、お茶受けに出した自家製梅干しを美味いと顔を綻ばせる鶴岡は富子を喜ばせた。

両親への説明をした後で、鶴岡はマッシーに顔を向けた。

「村上君、大学で野球をやりたい希望もあるようだが、どうだろう。南海ホークスに来て野球をやってみないか」

南海ホークスには行かない、と言い続けてはきたが、後輩の鶴岡泰の縁でホークスを少し身近に感じ出しているマッシーだった。しかし、先日の田丸の助言はあったものの、まだ神宮の夢を捨てたわけではない。

世間話も交えて小一時間は話していただろうか。去ろうとする立ち際に鶴岡が言った。

「もしウチに入団したら、君にアメリカでの野球留学をさせてあげるつもりだ」

アメリカに野球留学！

鶴岡の一言がマッシーの心に突き刺さった。

アメリカに行って野球をやる――そんなことが現実にできるのだろうか。「アメリカで野球の修行ができるんですか？」

思わず、訊いた。

〝浪花節の侠客親分〟から〝アメリカ留学〟という言葉が出てくることも意外で、どこかアンバランスの気がした。

「日本のプロ野球が発展するには、まだまだ米国に学ぶことが沢山ある。終戦後もうすぐ20年になるというのに、アメリカから大リーガーの来日は6回もあるが、まだ日本との交流が本格化していない。私は日本から選手が、それも君たちのように若い人が米国野球に直に触れて学ぶべきだと思っている」

鶴岡は話しを続けたが、マッシーの耳にはほとんど届いていなかった。〝アメリカ留学〟の一言が彼を支配していた。

清はマッシー以上に驚いていた。

ついこの間まで野山を駆け巡っていたいたずら坊主が、法外な契約金でプロ野球から声がかかり、アメリカに野球留学することになるかもしれない。

――えらいことになった。

清の素直な気持ちだった。

鶴岡を送り出した後、その日の夕食は、マッシーの将来について話す家族会議の場となった。鶴岡が提案したアメリカ野球留学は、マッシーに神宮のマウンドを諦めさせるほど魅力あることで、誠実な鶴岡の姿勢は両親の信頼を得るのに十分なものだった。マッシーの去就は、プロ入り、それも南海入りが有力になっていた。

「実はね」普段そういうことには口を出さない母の富子が遠慮がちに言った。

「おばあちゃんに雅則の運勢を見てもらったのよ」

富子には、易に凝っている明治生まれの母がいる。

「そうしたら、この子は西の方に行けば幸せになれる、というが卦《け》が出たんだって」

家族全員が顔を見合わせ笑顔になった。

スカウトに来た4球団の中で、大月よりも西方にある球団は南海ホークスだけだった。

5

【2013年7月12日】ニューヨーク
ヤンキース・スタジアムでの対ツインズ三連戦初戦は、アルゴンキンのボーイが言う通り、先発投手が黒田博樹で、イチローが2番右翼手でスタメン出場していた。シーズン18回目の

先発登板の黒田は、８勝目を目指す。昨年、シーズン途中にヤンキースに移籍し、マリナーズで95試合、ヤンキースで67試合、合計１６２試合出場したイチローはメジャー14年目のシーズンを迎えていた。全盛期のパワーは無いものの、メジャーリーガーとしての存在感はまだ十分にあった。

ヤンキースの広報担当ジョージ・ローズ氏が私たちの席を用意してくれていた。47歳のローズ氏は、陽気でウィットに富んだ軽口も言う、ニューヨーカーというよりもカリフォルニアボーイのような人だった。英語アクセントはあるが、日本語を話した。

「日本語がお上手ですね」

というと、１９８９年に「外国青年招致事業／ＪＥＴ（The Japan Exchange and Teaching Program）プログラム」に応募し、福島県相馬市に2年間滞在していたという。

相馬市は福島県東北部の海に面した、夏は涼しく、冬は暖かい、暮らしやすい町で、穏やかな気候の中で水稲や果樹の栽培が盛んに行われている。一方で海に面した東海岸の港町では季節毎に豊富な種類の魚が水揚げされる。

「小さな田舎町で、派遣された中で私はただ一人のアメリカ人でした。街全体で私たちを暖かく迎えてくれて、とても楽しい2年間を過ごしました」

相馬野馬追、中村城祭り、相馬民謡などを体験し、古くからの日本文化にも惹かれるようになった。

「日本人は素晴らしいです。人との交流、社会での活動、人としてどう生きるか……あの2年間で私が受けた恩恵は一生かけても返しきれないと思っています」

将来はアメリカと日本の架け橋になる仕事に就きたいと思っていた時に、通訳としてヤンキースと契約した。伊良部秀輝のメジャーリーグ移籍の時で、1997年のことだった。その後コーディネート力と和合力を評価され、2007年にヤンキースの環太平洋オペレーション・ディレクターに就任すると、日本にビジネスオフィスを開設し、アジアでの野球スカウト業務を始めた。その日本滞在中にマッシーと出会ったという。

「2009年日本を去るときにマッシーがワインを持って〝長い間ご苦労さまでした〟とお別れに来てくれたのです。そして、〝日本野球界の一員としてお礼を言います〟と聞いた時に、あ、この人は真に日本野球界のことを考えている人だ、と改めて思いました」

ローズさんは大の日本贔屓の野球人だった。

「マッシー、彼らに会いに行ってよかったね。二人とも喜んでいたじゃない」

ローズさんが言った。

彼の案内で、マッシーは、試合前のダッグアウトにイチローと黒田に会いに行ってきた。思いもよらぬ先輩日本人MLBプレイヤーの訪問に二人も驚いたようだった。

「あ、そうだ。マッシー、ショップのグッズはいつものように選手価格で買えるようになっているから、沢山お土産に買って行ってください。それから試合中のこのカフェテリアへの出入りもあなた方は自由だから」

「ありがとう。いつも申し訳ないね」

「何を言っているの。当然のことじゃない」

ローズ氏のマッシーに対するもてなしには深いリスペクトが感じられ、友人として嬉しく、誇らしくもあった。

それにしても、もう50年昔の、それも2年間とはいうが、実質1年間だけ西海岸の球団に在籍した日本人選手を、最前線で活躍するオペレーション・ディレクター自らがそうしたもてなしをすることが、私には想定外のことだった。マッシーがメジャーリーグにデビューした時にはまだ生まれていないローズ氏は、マッシーのことを知る由がないはずだ。

私がそのことを尋ねると、なぜそんなことを尋ねるのだ、という顔をした。

「だって、マッシー・ムラカミは日本人初のメジャーリーガーですよ。それも若干20歳で、2A、3Aを飛び越えて1Aからのいきなりのデビューでした。マッシーの存在抜きには、その後の日本人大リーガー野茂のこともイチローのことも語れません」

ローズは前年に現役引退をした松井秀喜とも4年前までの7年間をヤンキースで過ごしている。

「でも、マッシーは1年目のシーズン終了間際のデビューで、2年目も開幕してから1ヶ月後、つまり実質1年間だけの登録選手じゃないですか」

私は忌憚なく畳み掛けた。

「私はその時代のマッシーをリアルタイムで知りませんが、先輩野球人たちが、〝マッシーがあのままメジャーで投げ続けていたら〟という声を何度か聞きました。黒人第1号ジャッキー・ロビンソンが多くの人々に語り継がれるように、日本人いやアジア人大リーガー第1号のマッシーは殿堂入りする存在になっていたでしょうね。しかも、マッシーの後、野茂がデビューするまでの30年以上、日本人大リーガーは一人も誕生していません。それはいかに価値あることなのかを証明しています」

「それにしても、もう50年昔、半世紀前の出来事で。それが、50年経った今でもあなたがマッシーに敬意を払い、こうしてもてなしている――」

「それは――」

そう言って彼は相好を崩した。

「彼の人柄ではないですか」

Ⅲ章　野球留学

1

1962年9月29日、マッシーは大阪球場で南海ホークスと入団契約を交わした。18歳の高校3年生は、まだ坊主頭の学生服姿だった。

同じ年、その年の甲子園に春夏連続出場し、春は準々決勝、夏は準決勝まで進んだ中京商業の林俊宏も南海に入団した。二人共プロ野球界での活躍を期待されていた。

中百舌鳥《なかもず》球場の隣にある合宿所に入寮する予定だった二人は、鶴岡監督宅の2階に下宿をすることになった。本拠地大阪球場がミナミの繁華街にあり、それまでに何人も若手の有望選手が都会の誘惑に負けて挫折している。球団の将来を託す二人を誘惑から守るための球団方針だった。

公式戦開幕まであと1ヶ月余りとなった3月1初旬。雪が降っている寒い日だった。そんな日でも40分位の投球練習をした。寒くはあったが、スリークォターからの腕が気持ちよく振れていて、1度上にホップし、ホームベース近くでブレーキがかかると斜めに落ちていく軌道のカーブがよく曲がっていた。

肩の調子はいいし、今日は寒いから、いい感覚を残したまま引きあげようとすると、コーチが、「次はスリークォーターでなく、真上から投げてみろ」と声をかけてきた。

自分では終わろうとしているところに、続けろ、と言われると身体も心もリズムが狂ってくる。まったく気乗りしないのだが、新人の立場では「終わりたい」とは言い出せない。

仕方なく「はい」と答えて、左腕の位置をスリークォーターから真上に変えて、カーブを投げ、続けてストレートを投げた。と、左肘にピリッと痛みが走った。

「まずい！」と思ったが遅かった。そのまま次の球を投げることができず、左肘を抱えてうずくまってしまった。

結局、それが原因で、プロ1年目の大半をファームで過ごすことになる。それだけでなく、その後の野球人生で肘痛に悩まされ続けることになってしまうのだった。

神宮の森に紅葉が始まり、絵画館を正面に見据えるシンメトリーの黄色い銀杏並木が、コローの絵画のような風景を描いていた。

原田キャピー恒雄は、都心にひっそりと存在するこの小さな森をドライブするが好きだった。赤坂の星条旗新聞社から渋谷のリキパレスに向かう時には少し回り道をしてこの森を通った。

原田が鶴岡から久し振りの電話を受けたのは、街がすっかり秋景色に変わった金曜日の昼下がりだった。

スポーツ紙の1面は翌日開幕する巨人・西鉄の日本シリーズの戦績予想を報じている。

1週間前、全日程を終了した南海ホークスのリーグ優勝の行方は西鉄ライオンズの残り4試合の結果いかんにかかっていた。4戦全勝すれば西鉄の優勝、3勝1敗ならば同率で南海と優勝決定戦になり、2敗すると南海が優勝する。その最後の西鉄の4戦は2日続けてダブルヘッダーが組まれていて、しかも残り全試合の相手が近鉄バッファローズだった。

西鉄の4連勝は難しい、というのが大方の予想だったが、1日目のダブルヘッダーを17対3、3対2で連勝した西鉄は2日目も5対4、2対0で勝利。結局4連勝で5年振りのリーグ優勝を決めてしまった。一時は、14・5ゲームの大差があったのをひっくり返した大逆転劇で、30歳の青年監督中西太が率いる記念すべき初優勝だった。

「残念だったですね。私は断然ホークス有利。ライオンズ4連勝は無理で、うまくいっても西鉄は3勝1敗で優勝決定戦、と読んでいました」

原田は鶴岡をねぎらった。

「中西が出場しないし、打撃ベストテンに一人もいない打線だが、あのチームは勢いづくと手がつけられん」

鶴岡は敗北を認めた。

「それにしても、稲尾は大したものですね」

5年前に〝神様、仏様、稲尾様〟と言う流行語まで生み出した日本シリーズ4連覇の立役者だった稲尾和久は今年も24試合完投して最多勝利の28勝を挙げ、奪三振226も最多だった。

僅か1ゲーム差だけのリーグ2位。

——今回はツルさんも悔しかっただろうな。

原田は鶴岡の気持ちを思いやった。

しかし鶴岡の性格からして、その無念の思いや愚痴の類の電話ではないことは解っている。

「ところでツルさん、きょうは？」

「キャピー、今年のシーズン開幕前に話したこと覚えているやろ？」

日系2世の原田は米国名をキャピーと言った。

「なんでしたっけ？」

「野球留学のことや」

シーズン開幕前、鶴岡は、キャンプを訪れた原田に、大学進学志望の高校生を、アメリカに野球留学させる、と約束し入団させた、と言った。

「あの子を来年マイナーリーグのキャンプに行かせたいんだ」

原田は、中百舌鳥球場で1度だけ見かけた、まだ長髪も馴染んでいない長身の青年を思い出した。

「覚えていますよ」

「どうせ野球留学させるなら若いうちの方がいい。ワシが初めてアメリカに渡ったのは16歳だった」

原田が鶴岡と出会ったのは、太平洋戦争開戦前の1931年、中等学校選抜野球大会の優勝ご褒美で広島商業高校チームがアメリカ遠征した時だった。ロサンゼルスで対戦したアメリカの高校チームに日系米国人だった原田がいた。原田は、その時日本チームで華麗なプレーをする中肉中背の遊撃手がとても印象に残っていて、それが鶴岡だった。そして、太平洋戦争の空白を挟みながら、その後も親交が続いていた。

「もう30年も昔の出来事ですね」

「あれは本当に貴重な経験だった。ワシの野球人生はあの時の体験に負うところが大きいんだよ。日本野球界の発展には、アメリカとの交流が不可欠だ。戦後もうすぐ20年になるというのに、アメリカからメジャー球団の来日は6回あるがまだ日本との交流が本格化していない。ワシが若い時に経験したように、日本人は若いうちに米国で学ぶべきなんだ」

訥々《とつとつ》とした口調で鶴岡は自身の信念を話した。その素朴な語り口には説得力がある。

「わかりました。早速フレズノに話しましょう」

原田は電話を切った。

焦土と化した日本の地を踏んでから長い月日が過ぎていた。

原田が厚木飛行場に降り立ったのは1945年9月、日本国中至る所に戦火の跡が生々しく残っていた。

今はビルが建ち並んでいるが、あの頃はいま原田がいる渋谷のリキスポーツパレス付近からでも富士山を遠くに見ることができた。両親の祖国日本の復興模様が原田の脳裏を駆け巡った。

カリフォルニア州サンタマリア近郊で生まれた原田は、1941年に日米開戦を知ると、アメリカ陸軍に志願入隊、陸軍情報外国語学校に入学した。終戦後はGHQ経済科学局長ウィリアム・マッカート少将の副官として配属され、当時大蔵大臣の池田勇人との国家予算案件をはじめ、重要な交渉ごとの通訳を務めたりもした。

アメリカ陸軍を退役後、読売巨人軍の国際担当に就任した原田は小鶴誠、川上哲治、藤村富美男、杉下茂の4選手をサンフランシスコ・ジャイアンツ傘下の3Aチーム、サンフランシスコ・シールズの春キャンプに送り込んだり、シールズに所属していた与那嶺要を読売巨人軍に斡旋もした。その後もカーリー・広田、エンディ・宮本等ハワイ出身日系人選手を巨人軍にスカウトした。

3年前に力道山から懇願され、リキ・エンタープライズ副社長に就任していた原田は日本で過ごす日々が多くなっていた。

今年（1963年）6月には、地上10階、地下4階、客室総数478の東京ヒルトンホテルが開業した。海外からの訪問客を受け入れるための欧米式ホテルの建設はこれからも続くだろう。来年秋の東京オリンピック開会前には、東京―大阪間を四時間で走る時速200キロの東海道新幹線が開通するという。戦後20年、全土が焼け跡だった東京は、見事に復興を遂げていた。

2

コーチの指示でフォームを変えてした投球が原因で、腕を故障したマッシーは、入団1年目の大半をファームで過ごす羽目になった。

朝の洗顔時でも痛みが走る日が続き、このまま野球はできなくなる、と真剣に心配した。藁をも掴みたい気持ちのマッシーは、効果ある、と言われることを手あたり次第に試した。熱湯と冷水に肘を交互に浸けると良いと言われて、そんな素人療法もやってみたが、痛みは消えなかった。

病院の痛み止めの注射は効果があり、1本打つと、4、5日から1週間はそれほど痛みを感じなかった。それを2本打つと2週間くらいは非道い痛みを感じずに投げることができた。だから、肘の痛みのことは誰にも相談せずに、注射を打ちながらウェスタン・リーグで登板し続けた。今思い返すと本当に乱暴な話だが、その頃はまだ根性論が幅を利かせている時代だった。

そんな一時凌ぎのやり方が先々まで通用すると思っているわけではなく、不安を抱えたまま、マッシーは2軍のマウンドに立ち続けていた。

ジュニアオールスター戦にも選ばれて先発出場し、7勝4敗で二軍のシーズンを終えた。

なんとか誤魔化しながらの1年目だったが、こんな状態では野球を続けられない、と真剣になった。このままでは1軍昇格は難しいだろう。

叔父に薦められ、山梨県北方の山間にある増富鉱泉での湯治もした。武田信玄が金山発掘の折、山に住む動物たちが沼に入っているのを見て、傷病兵を湯治させ、効果があったと伝えられている放射能泉で、神経痛・リューマチ・糖尿病・婦人病等に特効がある療養温泉として、人気が高い。

毎朝1時間のランニング後に、冷たい鉱泉に入り、更に熱いお湯につかる。30度と42度の温冷浴を1日に4回繰り返し、遊歩道でマイナスイオンいっぱいの森林浴に浸る。この地道な治療を2週間続けると、功を奏したのか、新年を迎えてキャンプインする頃にはすっかり肘痛のことを忘れてしまうほどになった。オゾン下でのランニングも体調を整えるのに大きなプラスになったようだ。

入団して2年目のシーズンを迎える春、マッシーのコンディション作りは、快適なペースで仕上がっていた。しかし、杉浦、スタンカ、皆川、三浦、森中。合田、更に巨人から移籍した高橋栄一郎と豊富な投手陣を抱えているチーム事情下では、マッシーの出番はほとんどないだろう。

マッシーに3ヶ月間のアメリカ留学の通告があったのはそんな時だった。その年宮崎商業から入団した高橋(博)捕手と銚子商業から入団した田中達彦内野手は1年間の留学だという。

３ヶ月は物足りない気もしたが、我がままは言っていられない。アメリカに行けるだけで十分満足だった。

――三ヶ月をたっぷり楽しんできてやろう。

という気持ちがどこかにあり、野球術を学んでくる、という真摯な姿勢はあまりなかった。

法政二高の1年先輩柴田勲は、マッシーがプロ入りする前年に読売巨人軍に入団した。1年目は投手として登録されるが、わずか6試合の登板で0勝2敗、防御率9・82という成績で打者への転向を余儀なくさせられた。

柴田を勧誘する際に自宅を訪れた川上監督は父親に、

「お父さん、息子さんのことは心配しなくていいですよ。投手がダメでもバッターで必ず成功しますから」と言ったというほど、川上は柴田のバッティングと俊足を評価していた。だから1年目の柴田を見て川上の野手転向を通告することに迷いはなかった。

３塁長嶋、1塁王という黄金の内野陣をバックにマウンドに立つ姿を夢見ていた柴田だが、1年目の自分の成績に、川上の指令を素直に受けいれた。そして、野手転向の2年目には早くもその成果を発揮し、日本初のスィッチ・ヒッターとして活躍する。シュアなバッテイングと俊足・強肩を生かした華麗な守備で、5月末には1番外野手のポジションを獲得した。シーズンを終了して、打率は0・２５８ながら16位。盗塁王高木守道に次ぐ43盗塁を記録した。

柴田にとって1年後輩の村上雅則は気になる存在だった。高校時代にはいざという時に彼が控えていることが気持ちの上で安心できた。春夏に甲子園連覇が達成できたのはその安心感が安定したピッチングにつながったと思っている。村上は、投打にわたって潜在能力がある後輩だった。法政二高入りを進めたのは現在大学で指揮をとる田丸監督だったから、法政大学に進学すると思っていた。カーブの曲がりも大きいし、体格も自分より1回り大きい村上は、ピッチャーとして神宮球場のマウンドで活躍するだろう。そう思っていたのだが、南海ホークスに入団した。

そして1年目の今年、1軍で3試合登板、2回1安打2四球1被本塁打2三振、防御率4・50。大阪球場で山内和弘にホームランを打たれた。

春季キャンプの紅白戦も終わり、オープン戦が始まろうとしている2月下旬、村上から電話があった。プロ野球に入ってからは、リーグも違うし本拠地も離れているので、村上と会う機会は滅多にない。昨年も高校OBの忘年会で年末に会っただけだ。あの時、村上は自分のレギュラー定着を、我が事のように喜んでいてくれた。

「先輩どうですか、調子は?」

「去年よりも精神的にはかなり楽だなあ。去年はどこまでやれるか必死だったから」

「余裕ありますね。もうオープン戦ですか?」

「ああ、明日から始まる」

「宮崎はいいですね。暖かくて」

巨人のキャンプ地の宮崎市では日中は15度を超える毎日だが、南海のキャンプ地広島県呉市ではまだ最高気温が10度を超える日すらない。

「お前、どうなんだ。今年は1軍スタートできるのか？」

「そのことなのですが——」

マッシーの口から出たのはアメリカでの研修話だった。入団の際に鶴岡監督がアメリカ留学を口約束したことを柴田は聞いていた。

「決まりなのか？」

「サンフランシスコ傘下のマイナー球団に所属し、出来上がり次第では試合にも出られるらしいです」

「それはよかった。滅多に行けるものじゃないからな。じゃあ今年は1軍なしだな」

「いや、3ヶ月の予定なので6月末には帰ってきます」

「帰って来たら土産話を聞かせてくれ」

「ところで先輩、『強制収容所』出たんですって？」

「ああ、今年ようやく出たよ」

当時、多摩川にあった巨人軍の合宿所は木造2階建ての古い建物で、隙間風が吹き込み、冬の夜などは布団を何枚もかけても眠れない、というほどだった。

大学生、社会人に関係なく、入団した新人は皆、最低6カ月入寮させられる。門限などの規則も厳しく軍隊並みで、別名「強制収容所」と呼ばれていた。それでも規則破りをする者はいて、門限破りの常習犯の王貞治、柴田勲、堀内恒夫の3人は歴代合宿「3悪人」とレッテルを貼られた。

「『多摩川ブルース』覚えましたよ」

「馬鹿、そんなの覚えなくていいよ」

柴田は多摩川の合宿所の酷さを当時流行っていた『練鑑ブルース』の替え歌で、『多摩川ブルース』というのを作っていた。それを年末の高校ＯＢ会の余興で歌ったら、すごく受けた。

〽人里離れた多摩川に
　野球の地獄があろうとは
　夢にも知らないシャバの人
　知らなきゃおいらが教えましょう

「いいなあ、アメリカか」

「ええ、本場のローハイドやってきますよ」

「〽ローレン、ローレン……か」

柴田が笑って口ずさんだ。

村上も笑った。高校時代の懐かしい風が吹いた気がした。

「でも３ヶ月ですから」

「３ヶ月あれば十分だ。おれも行きたいよ」

柴田は、川上監督が選手時代1951年に3Aの球団サンフランシスコ・シールズの春キャンプに参加し、それが後の野球人生の礎になったという話を聞かされていた。だから自分もいつかアメリカ球団のキャンプに参加したいと常々思っていた。

「サンフランシスコは日系人も随分いるそうです」

「ジャイアンツか」

「でもその傘下のマイナー球団です」

「そりゃあそうだろう。日本の野球がメジャーで通用するわけがないものな」

それからは、プロ入りしてからの苦労話などの野球談義が続いた。マッシー19歳、柴田20歳。共に若く、アメリカを夢み、これからの野球人生に明日を描いていた。

「先輩、今年は3割打って、盗塁王とってください」

「バカ、そんな簡単に3割なんて打てるもんじゃない」

「できますよ、先輩なら。盗塁王、いけます」

村上は物おじしないのがいい、本人は気づいていないが、あの妙に人懐こいところも惹きつける。あいつの性格なら、アメリカ人の間でも上手くやっていけるだろう。

――アメリカ、かあ。

柴田は思った。

【２０１３年7月12日】ニューヨーク

黒田先発でスタートした試合は０対０のまま４回途中、雨で中断していた。

ヤンキーススタジアムでは、天候による中断はよく起こることだった。

私たちは、軽食、飲み物が用意されていて球団関係者と１部関係者だけが入室を許されているいる広いラウンジ風のカフェテリアで、雨が止み試合が再開されるのを待っていた。天気待ちの間にマッシーは高校時代の思い出話をした。

「あの頃のアメリカは僕たちには憧れの国、夢の世界だったですよね」

法政二高時代の話しから、いつしかアメリカへの憧れ話に変わった。

「僕が育ったのはド田舎でしたし、東京の人たちにはそんなことないのでしょうが」

「同じですよ。僕たち東京の子供たちもテレビの画面から届けられるアメリカ生活に憧れましたよ」

「アメリカのテレビ映画が沢山ありましたね」

子供と犬が主人公の『名犬ラッシー』『名犬リンチンチン』があり、ホームドラマで『パパは何でも知っている』『うちのママは世界一』があった。『ベン・ケーシー』のような正義の医師がいれば、『サンセット77』のような若者の青春もあった。W・ディズニーが創造する夢の世界『ディズニーランド』もあった。そうした番組は、私たちのアメリカへの憧れをどんどん増幅していった。

と、マッシーは何かを思い出し、クスクスっと笑った。

「高校野球部のお仕置きで〝ローハイドの罰〟というのがありましてね……」

高校時代、寮生活の中で毎週あったしごきだという。

当時のアメリカテレビ映画で土曜の夜10時から始まる『ローハイド』というテレビ西部劇があった。西部劇だから女性視聴者少ないだろうが、男性には人気ある番組だった。そのオープニングのタイトルバックでフランキー・レインが歌う♫ローレン、ローレン、ローレンという主題歌が流れるのだが、それが始まると、目をつけられた下級生が寮の食堂のテーブルの上に仰向けになり、足を上下する腹筋運動をやらされるのだ。主題歌が流れているうちはそのしごきが続き下級生はヒィヒィ悲鳴をあげ、それを上級生は面白がって見ている。歌が終わると下級生は、テレビを見る先輩の肩を揉んだりした。

しごきとは言っても、悲痛なものではなく、むしろ楽しみが少ない寮生活での遊びだったとマッシーは思っている。

「あの頃のテレビ西部劇は『ローハイド』派と『ララミー牧場』派がありましたよね」

「僕は完全に『ローハイド』派でした」

「僕もそうです。ロディ役のクリント・イーストウッドも良かったけど、フェイバー隊長のエリック・フレミングがよかった」

「あの料理人ウィッシュボンなんかも味がある脇役だったですね」

「確か、あのウィッシュボンの、ちょっとトンマな助手はマッシーという名前だった」

「そうだ、私と同じ名前だ！」

私たちは顔を見合わせ微笑った。

カウボーイの鞭の響きが聞こえるようだった。

「もう1つ、ダービーというシゴキもありましたね」

マッシーは昔の寮生活を懐かしむように思い出した。

練習後にグランド整備も終わり、汗びっしょりで、時には泥だらけになったユニホームを学生服に着替え終わると、グランドでその日の反省会が行われる。反省会というが、なんだかんだその日の出来事にイチャモンをつけた下級生へのお説教だ。そして、罰としてグランドを何周も走らされる。それも半端な回数ではない。止めろ、と言われるまで延々と走らされる。その内に、汗をかいて学生服を脱ぎ、走りにくい革靴も脱ぎ捨て、靴下まで脱いで裸足で走る。上級生たちはそれを笑いながら見ているし、大学生の先輩たちも「それ、頑張れ！」と囃し立てた。それを〝ダービー〟と称した。しかしそれはゴールがない競走で走者は音を上げて倒れた。今だと、とんでもないことと問題になるのだろうが、そんなことは法政に限らず、どこの運動部にもある光景だった。

そして、それを、普通のこと、当たり前のこと、と受け止めていて決して〝イジメ〟とは思っていなかった。それも練習の1部、修行の一環だと思っていた。だから、マッシーには合宿生活、野球部生活が辛いと思うことが1度もなかった。

むしろ、この合宿生活の3年間に多くの自分の人生観の基礎が作られた気がしている。

Ⅳ章　おとぎの国

1

日本を発ってから17時間、燃料補給でホノルルに立ち寄り、サン・フランシスコに着陸したのは午前11時だった。

キャピー原田と球団職員の藤江清志が、３人を引率していた。

変化球を巧みに組み合わせる技巧派投手として南海ホークスへ入団した藤江は、身体が小柄だったこともあり２年間の選手生命だった。英語が話せるので今回はマネージャーとして同行していた。

機長の着陸アナウンスを受けて窓外を見下ろすと、眼下には童話の絵本にでも出てくるような光景があった。

オレンジ色の金門橋が長い脚を広げて海を跨ぎ、広い湾内には幾艘もの白い帆を広げたヨットが走っている。金門橋が結ぶ南北の陸地には、こんもりとした緑の森があり、森の中には赤、青、黄色の色とりどりの色彩の家々が点在していた。

〽森の木陰でどんじゃらホイ！

　てんてん手拍子、足拍子

今にも小人たちが登場して踊り出しそうな風情だ。

――おとぎの国みたいだ。

マッシーは思った。

ベルト着用確認の放送に促されるように、飛行機は高度を下げてランディングして行く。

――おとぎの国では、何が自分を待っているのだろう？

――おとぎの国で、自分はどう過ごすのだろう？

期待と不安が同居している。

英語は話せないし、アメリカの野球について行けるのか？

――なんとかなる。

生来の楽観性がそう思わせてくれた。

３ヶ月だけの野球留学だ。できる限りのアメリカを見て、色々なものを食べて、沢山楽しんで日本に帰ればいい。

初めての入国手続きは原田の先導ですぐに終わった。

生活に慣れるまでの暫くの間、原田が世話をしてくれる。リキ・エンタープライズの副社長としてプロレス界の一翼を担っていた原田は、前年暮れに暴漢に刺殺された力道山亡き後の会社をどう運営していくか大変な時期に違いなかった。そういう中で、自分達のために奔走してくれる姿にマッシーは恐縮していた。

「これからプロレス界の発展を、という時のリキさんの死は天地がひっくり返る出来事で、どうしていいかわからず、混乱するだけだった。そんな時でも、鶴さんは30年来の友人です。それも、戦争前から、国境を超えて野球を通しての同志だったのだから鶴さんに頼まれればどんなことだった引き受けるよ」

そういう原田の言に、〝親分〟と呼ばれる鶴岡の人間としての徳を感じる。

球団事務所は、ジャイアンツの球場の中にあった。4年前にニューヨークからサンフランシスコへの本拠地移転時に建設されたキャンドルスティック・パークは、超モダンなボール・パーク（野球場）だった。

スロープ式通路のエントランスは、観客を地平部からスタンド下の通路に直接誘導する。ロッカールームも、肩が触れ合いながら着替えをする日本のそれとは違い、腰かけて談笑できるほどゆったりしていた。

グランドに出ると、場内に設営された照明塔は、無骨な鉄骨作りの日本の送電塔ではなく2本のポール型鉄塔がサーチライトを支えている。

外野だけでなく、内野のインフィールド部分にも天然芝が敷かれ、芝の緑が鮮やかに目に映る。ファウルエリアの低い内外野フェンスは選手と観客との距離感を身近にしている。エリア別に色分けされている強化プラスティック製の座席は、広くゆったり座ることができた。豪華な設備のボール・パークは野外劇場のように豪華だった。異次元の世界がそこにあった。

――メジャーとはこういうものか。

つくづく思い知らされた。

「マウンドに上がっていいですか」

「君たちが実際に試合で立つことはないだろうからね」

遠慮がちに言うマッシーを、球団スタッフは快く聞き入れてくれた。

背広姿のまま、ピッチャーマウンドに立った。

――こういう球場で投げてみたい！

大きく振りかぶり、シャドウピッチングをする。

それまでは雲の上のこと過ぎて考えたことすらなかったメジャーのマウンドが、初めて現実の憧れになった。

見上げると、サンフランシスコの青空があった。

1泊して、翌日はロサンゼルスに移動した。

約616キロ。東京から兵庫、岡山の県境付近までの距離がある。

同じカリフォルニア州内にありながら、二つの大都市の様相はがらりと違う。開拓が後発だったロサンゼルスでは3・5メートル幅の車線が4車線並ぶ広い高速道路が張り巡らされ、とにかく広い。霧に象徴されるシスコの街のしっとり感はなく、乾燥した空気が肌を包む。ただ空の青さは同じだった。これをカリフォルニアブルーと呼ぶのだろうか。ロスの空もどこまでも突き抜けて青かった。

４０５号線サンジェゴ・フリーウェイを北上すると、禿げた丘の斜面で活発に上下運動する何台もの石油採掘機が目に入ってきた。すると少年の頃に見た映画の画面が浮かんできた。――高く吹き上げる原油を浴びて全身真っ黒の若者。整然と並ぶ石油採掘機の群列。どこまでも続く果てしない平原。何千頭もの牛がいて、カウボーイたちが追う……ジェームス・ディーンがいて……映画『ジャイアンツ』だった。広大なテキサスの牧場を舞台に展開する物語は、マッシーが憧れるアメリカそのものだった。

車が10号線のサンタモニカ・フリーウェイに移ると、前方の山肌に『HOLLYWOOD』白い文字が見えてきた。

――アメリカにいる！

マッシーは実感した。

デイズニーランドでは、記念写真を撮ったミッキー・マウスが話しかけてきて、キャピーさんが通訳してくれた。

「去年夏にキュウ・サカモトと一緒に写真を撮った、と言っているよ」

そういえば、1年前に芸能誌のグラビアで、坂本九とミッキーが並んでいる写真を見たことがあった。『上を向いて歩こう』が全米で大ヒットして坂本九がABCの番組『スチーブ・アレンショー』に出演した時に、ディズニー・ランドにも来園したという。

ジェットコースターの落下に悲鳴を上げ、アラブの海賊の片目片足の船長に親しみを感じ、スモールワールドでは世界中の子どもたちと触れた。そして、芸達者なティキハウスの鳥ち――こんなに童心に戻り、楽しむことができる遊園地は日本にはない。スケールも天と地の差がある。

初めて食べるケンタッキー・フライドチキンもマクドナルド・ハンバーガー美味かった。日本では薬のようだと飲めなかったコカコーラがアメリカで飲むと何故か美味かった。

その日、アリゾナ州フェニックスへ飛び、ストーンハム球団会長を訪ね挨拶すると、砂漠の中を100マイルで1時間飛ばして、カサグランデに着いた。その移動の速さには驚かされた。日本でも、オリンピック開催を機に始動した新幹線と、日本列島改造論の名の下に建設された高速道路網が日本のモータリゼーションを加速化しているが、米国のそれは比でない。日本の倍近くある車幅の大型車用の4車線の高速道路では、大都市内でも時速80キロで走るし、郊外に出れば100マイル（160キロ）で飛ばす。

いよいよ明日から野球修行だ、と思うとなかなか寝付かれなかった。宿泊しているモーテルでぼんやり見上げた壁にやもりが1匹いた。日本のやもりと違って体が白かった。

翌日、自家用飛行機でフェニックスへ行き、インディアンスとのオープン戦を観戦した。選手はどんな凡打でも全力疾走するし、身体が大きいのに器用にバントをするのが印象的だった。

3月14日。いよいよ練習開始だ。グランドに着くなり、いきなりピッチングをさせられたのには戸惑った。初めて手にするメジャーの球だし、1週間ボールを握っていない。アメリカの球は滑りやすく、握ると少しだけ大きい気はしたが、南海ホークスが使用している大阪の運動具店のボールと似ていてまったく違和感を感じなかった。

最初の2日間はランニング、キャッチボール、トスバッティング、ノックだけの練習で、その後数日間軽いフリーバッティングとランニングだけの練習が続いた。マッシーは、バッティング投手を務めてアメリカの打者と向き合った。

カサグランデでキャンプインしたばかりのアメリカの選手たちは、全員がランニングと柔軟体操で体をほぐす段階からのスタートだったが、日本でスプリングキャンプを終えていたマッシーは、体はできていたしピッチング練習もしてきていた。だから、7分程度の力で打者が打ちやすいように球を投げた。

「お前の球は打ちやすくて、コントロールもいいし、とても練習になる」

対戦する選手がそう言って喜んだ。

6日目に初めて紅白戦に登板した。それまで毎日バッティング投手を務めていたのに、紅白戦での登板は1度もなかった。もう体は出来上がっているし、せっかくアメリカに来たのだから打者相手に投げたくてうずうずしている。だから、投げさせてくれ、と志願するのだが、コーチ陣は、休めというだけで投げさせてくれない。マッシーは不満だったのだが、結果としては、この時期に急いで投げることをせず、体づくりに重点をおいていたのがよかったことになる。前年に痛めた肘も完治したわけではなかったし、無理をしていたらひどいことになっていたかもしれない。

このキャンプには、メキシコから野球好きの青年が大勢参加してくる。球団は、彼らに安ホテルの4人の部屋を充てがい、食事を与え、2、3日プレイを見て、見込みがない選手を落としていく。1日で落選する者もいれば1週間粘って参加できる者もいる。球団の宣告は容赦が無く、冷酷に帰国を告げる。3週間くらいキャンプに居残ることができれば見込みありと認められ、晴れて契約することもあるがそれは稀なことだ。

メキシコだけでなく、グァテマラ、ベネズエラ、キューバ、プエルトリコ、ドミニカ……中南米の国々から、大リーグ入りを夢見る連中が入れ替わり参加してきた。

着の身着のままで、野球道具も持たずに、一文なしで参加する者もいた。とにかくキャンプに参加できれば、食にありつくことはできる。なんとか1Aにでも潜り込みたい。いや、とりあえずルーキーリーグでもいい。毎日ハンバーガー1個と水だけの若者もいた。

そして、朝起きてグランドに行くと、昨日見た顔の1人、2人がいなくなっていた。


マッシーはこの時既にカーブを投げていた。キレが良くて1Aクラスの選手には打つことはできず、「マッシーのカーブは打てない」と評判になっていた。実際、マッシーには打たれるという気がまったくしなかった。

そんな時、チャリー・フォックス3A監督からアドバイスがあった。彼は、「君の力なら1Aで20勝できる」とマッシーのカーブを称賛してくれている。

「君は投球時に打者から球が見えるからグラブの中にボールを隠して投球動作に入るようにしろ。それと、今のフォームだと、ストレート、カーブ、スクリューボールと球種によって投げる腕の位置が変わる。これは球種を読まれることになるから、全ての球種を同じ位置から投げるようにしろ」

というものだった。

そして、カサグランデに来て1週間が経った日、「24日の試合に2回だけ投げてもらう」と、5日後の対インディアンスのオープン戦の登板を通告された。いよいよか、と気分が高揚した。

ところが、いよいよだと張り切っていた登板予定日に試合が中止になった。朝から降り続いた雨で、グランドがぬかるみ野球をできる状態ではなくなってしまったのだ。

——ツイテないなあ。

残念がっていると、フォックス監督がやってきて、

「明日から、君たちはフレズノ・チームに合同するように」

とマッシー達日本人選手3人に、1A フレズノ・ジャイアンツへのチームへの合流を告げてきた。

「君なら1Aで20勝できる」と言っていたフォックス監督だけに、悪くても2A、あわよくば3A球団に入れるのでは？ と期待していたマッシーは不満だった。

——監督の言葉はお世辞だったのか、

と気落ちもした。

2

ビル・ワールが、フランク・オドール率いるサンフランシスコ・シールズの1員として来日したのは1949年、日本の至る所に、まだ戦争の傷跡が生々しく残っていた。そしてその2年後に藤村、川上、小鶴、杉下の四選手をシールズの春季キャンプに招待した時にも彼らと交流を続けていた。

ワールの日本人に対する印象は、日本を訪れ、日本人と交流することで、戦前に抱いていたものと大きく変わっていた。戦争時に喧伝されていた粗野で野蛮な要素はどこにもなかっ

た。接する日本人たちは皆、礼儀正しく、理知的で、ワールを日本贔屓にしていた。

今回日本からの若い野球選手を迎え、先ず驚いたのは彼らの体格だった。初めて訪日した時に街で見かける日本人たちのなんと小柄だったことか。野球選手たちは比較的に長身ではあったが、それにしてもワール達から見るとかなり小柄だった。ところが今回野球留学に来た3人の若者たちは、アメリカの若者たちと比べても見劣りしなかった。その中でも、ムラカミは十分な上背があり、身体能力高い。彼は2Aリーグで、いや、あのカーブを生かせば3Aでも通じるだろうと思っていた。ところが、フォックス監督は彼も含めて3人をワール率いる1Aフレズノ・ジャイアンツに配属したいという。


「これまでの1週間の動きを見ていてムラカミの実力は十分2Aで通じるし、慣れてくれば3Aの力はあると思う」

フォックスがワールに語った。

しかし、何しろ初めての日本人選手だからどう評価できるか、難しかった。だから、この日の2回の実戦登板を見た上で、2Aに配属するつもりでいた。ところが、試合が中止になり、試す機会がなくなったので止むなく1Aリーグへの合流を決めたのだった。

「幸い1A フレズノ・ジャイアンツの監督は、君だ。君なら彼の良さを引き出してくれるだろうし、君の手で彼を2Aに送ってもらいたい」

ワールは喜んで引き受けた。マッシーが成長する姿を見れることはもちろん、そこで自分がひと役果たすことができるのも楽しみだ。

しかし、マッシーが1Aへの配属指令に落胆していることは明らかに見て取れる。ワールは、声をかけた。

「確かに、君は3Aでやれる技量を持っている。でも、アメリカ野球に慣れるには、アメリカの生活に慣れることも必要だ。幸い、フレズノはとてもいい街で大都会にはない良さがある。日系人も多いから君には過ごしやすく、きっといい体験ができる」

ワールの声かけに、マッシーは素直に頷いた。

「ダイジョウブですか？」

ワールが訪日した時に覚えた日本語で問うと、

「ダイジョウブ！」マッシーは笑顔で返した。「それに、フレズノにはあなたがいますから」

――この若者はなんと心優しい男なのだろう。

ワールは思った。

――これからの2ヶ月間で、この青年に私が知る限りのことを教えよう。


原田からも話があった。

「アメリカでは1年間は1Aでやらないと上のクラスに上がっていけないのが普通だ。1、2年でメジャーデビューするのはごく僅かの限られた選手だけで、普通は3、4年はかかる。それでもメジャーデビューできずに去っていく選手が大半だ。だから君がフレズノに配属されるのは少しもおかしいことではないんだよ」

と言った。

そうだ、1Aリーグの配属でも精一杯にやろう。鶴岡さんが与えてくれた機会に学べることを習得して日本に持ち帰ろう。

マッシーの中で、かつての物見遊山《ものみゆさん》的な考え方に変化が起きていた。


予定の2週間が過ぎ、原田と藤江が帰国することになった。後に残るのは英語を話せない18歳と19歳の青年たちだけになる。

しかしマッシーに不安はなかった。それまでの2週間の滞在は快適で、自分にはアメリカ生活が合っている気がしていた。そして、できれば何年かはアメリカで生活してみたいとも思うようになっていた。

原田もマッシーの順応性ある性格を好意的に見ていた。自分は日系2世だが、多くの日本人が食事をはじめアメリカの生活様式に馴染めず、苦労する姿を見てきた。この19歳の若者にはそれが無い。しかも、ろくに英語も話せないくせに。

——きっとこれが敗戦を経て生まれ変わったこれからの日本人のあるべき姿なのだろう。そして、日本人はそうならなければいけないのだ。

鶴岡や力道山たちにも閉鎖的な日本社会から脱皮しなければという思いが強くあった。彼らはあくまでも戦争世代だがマッシーは彼らと違い、敗戦後の日本で育った〝戦争を知らない世代〟だった。彼らが新しい日本を牽引していく世代なのだ。

原田は、日本に帰国する前夜、お別れの食事会を開いた。

「僕は、アメリカの生活が合っているような気がしています」

マッシーが言うと、

「何人もの日本人を見てきたが、私も君はアメリカに順応できる気がするよ」

と否定しなかった。

「でしたらキャピーさん、鶴岡監督に、僕が2、3年アメリカで野球の勉強をしたいと言っている。と話してくれませんか」

原田はそれを一笑に付した。

「ツルさんにそんなことは言えないよ。だって君は6月には日本に帰ることになっているんだぞ」

「そうですよね。3ヶ月間の約束ですものね」

改めて6月には帰国する自分の立場を改めて理解した。


マッシーという呼称が定着したのもこのキャンプ期間だった。姓の村上は日本流の発音だと「ムラカミ」と抑揚がないのだが、英語流のアクセントがつくと、「ミュラカーミ」となるのが多く時には「マカローニ」となったりする。名前も同様で、「マンサノーリ」とか「マサムーリ」となる。日系人の話だと、「マサ〇〇」という名前の人は「マサ」と呼ばれることが多いようで、始めの頃はマッシーのことを「マサ」と呼ぶ人がいた。最初にマッシーと呼んだのはフォックス監督だった。高校時代の野球仲間にMasseeという名のクラスメイトがいて、右利きだがマッシーと同じ3クォーターの投球フォームだった、と言った。彼が呼ぶことで、「マッシー」が定着した。英語の表記はMASHIだった。

長いと思っていた1ヶ月のキャンプは、始まってみるとあっという間に終わった。インディアンス、スプリングフィールド・チーム、エルパソ・チームとは何度も試合をし、ひと試合ごとに新しい発見があった。最初は80人いた選手は数日毎に入れ替わり、キャンプ最終日には36人になっていた。

カサグランデから1Aリーグの拠点フレズノまで790キロ、バスで約16時間の行程だ。朝4時半に起床、荷物をまとめて朝食を摂り、六時に出発した。フェニックスを経由し、カリフォルニア州に入ると国道10号線を西に向かいベーカーズ・フィールドを通り過ぎたところで今度は北上する。フレズノ着は夜十時の予定だ。

砂漠や平原の中を時速80マイル（124キロ）で飛ばし、食事時間になると、ドライブインで各自が食事をする。マッシーたちはメニューを見てもよくわからないので、昼、夜、深夜と、チキンバスケット、ジュース、パンと同じ注文をした。質素な食事だが、一行の中では3人の食事が1番豪華だった。中にはホットドッグかハンバーガーを食べる選手もいるが、それは一部で、ほとんどの者がドーナツとおかわり自由の10セントのコーヒーだけで済ませていた。中には何も食べない選手もいる。食べないのではなくて、文無しで食べることができないのだ。

夜の9時頃、3度目の食事で定番のキンバスケットを食べていると、「よう、マッシー」と、一人の選手がコーヒカップを手に、笑顔を浮かべながら近づいてきた。1週間ほど前にキャンプに参加したが受け入れてくれる球団がなく、フレズノに着いたら、どこかの独立リーグの球団を探すと言っていた選手だ。

「座ってもいいか?」

隣の椅子を指差した。

マッシーは嫌な予感がした。

「そのチキン美味そうだね」

マッシーは、何も応えずにチキンを頬張った。

「ギブミープリーズ」

案の定だった。チキンをねだってきた。

「ノー」

はっきり拒絶した。気の毒とは思うが、食事をできずコーヒーを飲むだけの選手が何人もいる。彼にあげたとしたら、皆がねだってくるだろう。

拒絶すると、しつこくねだるわけでなく、「OK」と納得顔で去っていった。日本だと気まずい関係になったりもするが、相手は何もなかったような態度で、外の仲間たちとの談笑に入っていった。拍子抜けした。

国道41号線を下りてフレズノ駅に着いたのは予定を4時間遅れて深夜2時だった。運が悪いことに途中でバスが2回もパンクする事故があり、その度に修理する羽目になってしまった。20時間のバス旅で、到着した時には全員がぐったり疲れ切っていた。

流石に深夜遅れの到着を放っておくわけには行かず、球団が2棟のモーテルを用意した。しかし、間もなく夜が明けたら、選手たちは散り散りに去っていくことになる。独立リーグにでも入団できるのは恵まれたほうで、野球を諦めて別の職探しをする者もいれば、荷物をまとめて故国へ帰る中南米の選手もいた。

マッシーたちは、銭村ハワードという日系米国人がフレズノでの生活を世話をしてくれることになっていた。しかし、今は深夜の2時、マッシーたちは、とりあえずダウンタウンのホテルに宿泊した。

翌日も銭村氏を1日待ったが、結局現れず、仕方なく近くの安ホテルに泊まることにした。

ところが、3日経っても原田が言っていた銭村氏は現れず、何の連絡すらなかった。安ホテルとは言っても、1日12ドル。ホテル住まいを続けるわけにはいかない。

3人で相談して、どこかに手頃なアパートでも借りることにした。日系人が多いフレズノには東京銀行があるので、相談に乗ってもらおうと、訪ねてみた。

銀行窓口で事情を話していると、

「あなたたち、日本から来た野球選手ですよね」

英語アクセントの日本語で声をかけられた。

「日本から野球選手がフレズノジャイアンツに入団したというので、父と一緒に見に行ったんですよ」

マッシーと同じ年頃の日系人の男性で、ハワード・サエキと名乗った。昨日フレズノ球場で練習を見ていたという。戦前に祖父たちと米国に移住してきた父親は彼以上に、日本から来た野球選手に関心を持っているという。

「どうかしたんですか？」

と尋ねる佐伯氏に事情を話すと、一瞬思案してから
「ちょっと、待って」

と表に出て銀行横の電話ボックスに入って行った。

数分して戻ってくると、人差し指と親指でOKサインを作り
「父に話したら、家に連れてくるように、と言っています」

と言って3人を家まで案内してくれた。

ハワードの父親は広大なオレンジ畑を所有し、一方で養鶏業を営み、ひよこの鑑定などを仕事としている日系2世の人だった。両親が祖母と一緒に戦前に移住して、現在は広い庭に

プールを持つ邸宅に住んでいる。勿論、戦時中は強制疎開を余儀なくされ、それまで築いた財産を全て没収されている。

「食費は支払ってもらうが、部屋代はいらないよ」と言ってくれて、広いリビングルームにベッドを3台並べそこが3人の寝室になった。

そして、冷蔵庫にいっぱいの飲み物、食べ物は食べ放題、さらに3人のユニホーム、洋服の洗濯までしてくれた。家族同様の、それ以上のお世話をしていただいた。

3

【2013年7月12日】ニューヨーク

試合が中断して1時間近く経っていた。

ナパワインとスモークト・サーモンをつまみながらのアメリカ談義は、試合の中断時間を退屈させなかった。

マッシーが野球留学をしたのが1964年で、この年に日本の海外渡航の自由化が法制化され、初めて観光目的のパスポートが発行される。

私たちの一世代前に、すでにアメリカに夢を抱いて日本脱出を企てた人たちがいた。その代表が、フルブライト奨学基金でアメリカに渡った小田実（1958年渡米）で、彼が書いた青春放浪記『なんでも見てやろう』は、若者たちの海外渡航熱に火をつけ、やがて、バイブル的な本になった。

後年、ステーキハウスのベニハナ・チェーンを全米に展開し成功するロッキー・青木がレスリングの日本代表になることで渡米を実現したのも、スクーターを相棒とし、ギターを携えて貨物船で小澤征爾がフランスに渡ったのも１９５９年だった。

五木寛之が、海外を目指す若者の姿を描いた小説『青年は荒野をめざす』では、主人公の20歳の青年が船でオホーツク海を渡り、ナホトカからシベリア鉄道経由でヨーロッパに向かう。

「増田さんは、最初は船でアメリカに渡ったのですよね？」

「ええ、船と言っても移民船でした」

１９５２年のサンフランシスコ講和条約で国策として復活した南米移民は日本の高度経済成長と１９６４年の東京オリンピックを経て活動が退潮し、年間移民は１０００人を下回るようになっていた。それでもまだ、ぶらじる丸とあるぜんちな丸の２隻は南米移民輸送船として活動していた。

私が太平洋を渡ったのはこのぶらじる丸で、総トン数１０１００トン。約９００人の先客が乗船していた。蚕棚風の2段ベッドの窓もない４人部屋で過ごした17日間の船旅だった。

船客たちの大半が南米のペルー、ブラジル、アルゼンチンなど中南米の国への移民家族だった。一方では、その中に、渡航の自由化になったのを幸いに、私のようにアメリカを目指している連中もいた。テキサス州の大学に向かう留学生、吉田茂を崇拝している政治家志望の青年、２千枚の原稿用紙をトランクに詰めた小説家志望の大学中退生、当てのない放浪の旅に憧れた元自衛官……多士済々の男たちがいた。あの連中はその後どうなったのだろう？

マッシーも私も、そうした時代にアメリカに憧れを抱いた若者ということで共通していた。話が弾み、３杯目のワインを飲み干した時、「あと10分後に試合再開予定です」というアナウンスが流れた。

4

フレズノはサン・フランシスコとロサンゼルスの中間に位置し、東にシェラネバダ山脈を控え、ヨセミテ、セコイアなどの国立公園を訪れる際の拠点の都市だ。１８６０年頃のゴールドラッシュ時代に、一攫千金を夢見る白人たちが入植し、やがて肥沃な土地を利用した農業が産業になっていった。

日系人が大勢住んでいて、１週間が過ぎた頃、３人の歓迎会を開いてくれた。

マッシーが、本当の意味でアメリカの生活に馴染み、アメリカを好きになるのはこのフレズノ時代があったから、と言っていい。そして、佐伯氏との出会いもそうだが、ビル・ワール監督と出会った幸運も大きかった。

マッシーが渡米した頃の米国には太平洋戦争の傷跡も深く残っていて、大勢の米国人が日本人に対して悪感情を持っていた。日本人を〝ジャップ〟と侮蔑し、〝リメンバー・パールハーバー（真珠湾を忘れるな）〟は日本と、日本人への憎しみの合言葉だった。

5年前の訪日以来親日家になっていたワールは、マッシーがフレズノ・ジャイアンツの支配下に入ることが決まると、選手たちを集めて、

「たとえ冗談であっても、マッシーにジャップと言ってはいけない」

に言い渡した。

ワールは誇り高い日本人の国民性に敬意を抱いていたし、これからの日本を築いていくのは、若い世代だと思っていた。だからマッシーにも、アメリカを好きになって日本に帰ってもらいたかった。

フレズノの球場は設備が整っていない、汚いグランドだった。外野の塀は粗末な板塀で、照明設備は小さな照明灯が四基設置されているだけ。その照明も暗すぎて野球をやるどころではない。打たれた外野フライをマウンドから振り返っても、球が飛んでい方向か見つけられないほどで、いくら1Aの球場とはいえ酷すぎた。しかし、馴れとは恐ろしいもので、その内、そこで平気で試合ができるようになった。

アメリカのストライクゾーンは日本より低く、最初は少し戸惑ったがそれにはすぐに慣れた。後年マッシーの持ち球の大きな1つになるチェンジアップを覚えたのもフレズノ時代で、教えてくれたのはワールだった。チェンジアップは日本にいる時に話には聞いてはいたが、

日本でそれを投げる投手はまだいなかった。

「チェンジアップを使うのは、1—0、2—0、3—0、3—1、3—2というボール先行のカウントの時だ。鉄則は低めに決めること。絶対に真ん中に寄ってはいけない。そして、投げる時には手首は使わず、3本指だけで投げる」

と、教え方はシンプルだ。余計なことは言わない、
また、ワールは実戦での打者に対する攻め方も指導してくれた。

「オープンスタンスで構える左打者に対しては、外角で2ストライクを取り、3球目は内角へウェストする球か、外角を少し外れる球を投げる」

そう戦略を説明した後で、そのバッターを想定して何球か投げて確認すると、次は、クローズドスタンスの右打者の場合を想定する。

「右打ちのクローズドスタンス打者には、内角へストレートかカーブ。外角へは投げてはいけない。特にチェンジアップが有効なのは、いわゆる強打者と言われるタイプの選手に対する時で、投手は軸足をプレートに残すようにして投げる。さあやってみろ」

これを英語もろくに話せない日本人と通訳無しでやりとりするのだから教えられる方もだが、教える方も大変だった。しかし、ワールは面倒くさがらずにマッシーに教えた、それは我が子に野球を教える父親のようだった。

そして、ワールが教えることを意識して投球を組み立てていくと、実に面白いように三振がとれた。毎回というだけでなく、1イニングに2三振はよくあるし、3者連続三振も随分

あった。アメリカの野球用語で「Good Morning, Good Afternoon,Good Night（おはよう、こんにちは、おやすみ）」という3球三振をとったこともある。

球速がある日には問題なく三振が取れるし、走っていない日でもそれなりに三振をとれた。その日の調子を見てからウィニングショット（決め球）を決めるのだが、まずは低めに投げてファウルを打たせる。スピードがある時には速球を決め球にし、もしバッターが直球待ちしているのを見抜いた時にはカーブで空振りさせた。

勘が冴えている日には、コースを意識して際どく外すと、打者が手を出してきて、空振りするか、バットに当たったとしても殆どがファウルになった。高低に投げ分けることさえできれば、留めとして胸元の速球か低めのカーブが有効に決まった。

初めての遠征試合はフレズノに来て6日目のナイトゲーム、サンタバーバラでの対ドジャーズ戦だった。マッシーの登板予定はなく、5時間の長時間バス移動も気にならなかった。遠征中の食事代として支給される12ドルで懐は豊か、街で買い物をして海辺の街を観光気分だった。

ところが試合が始まると、先発のボビー・ムサンテがKOされ、4回降板、5回からマッシーの登板になった。

5対0と5点リードされていたが、味方はじわじわと得点を重ね、8回終了時点で同点に追いついていた。マッシーは四球の走者を5、6、7回にそれぞれ一人ずつ出すがヒットは1本も打たれず、7回を除いて毎回二三振を奪っていた。前日にちょっと投げすぎていたので調子がいいわけではなかったが、ストレート、カーブ、スクリューボールの組み合わせで面白いように三振が取れた。結局5回を投げてノーヒット、9奪三振。味方打線が最終回表に2点を取ったので7対5と逆転勝ちし、勝利投手になった。

最後の打者を真ん中から外に逃げるカーブで空振りの三振に打ち取ると、グランドに散っているナインだけでなく、ダッグアウトからもチームメイトが皆飛び出して来て、「グッドジョブ！」「おめでとう！」と言いながらの握手攻めになった。思いがけずに転がり込んできたアメリカ初勝利だった。

その夜はホテルに戻ると、日本で世話になった人たちの顔が浮かんできた。父、母、家族、鶴岡監督、ピッチングコーチ、同僚選手、球団フロントの人たち――多くの人たちに支えられてきた。子供の頃から憧れていたアメリカの生活に夢中で、渡米してから日々を振り返る余裕もなかった。

日本に電話しようとベッド横の受話器に手をかけたが止めた。3分間で12ドルの国際電話料金。超過1分間ごとに3ドルかかる。高すぎた。

マッシー達3人は、球団から毎月400ドルが支給されていた。選手達の給料はまちまちで、チーム中の最低が300ドルから350ドル。3A、2Aを経験し、1Aに降格している。

遠征中は給料とは別に食費として1日3ドルが支給された。ホットドッグ、フライドポテト、シェイクをセットで注文して1ドル支払うと少しだけお釣りがきた。マクドナルドのスタンドでコーラ、珈琲が10セントで、遠征時の食事は1食1ドル以内で済ませるようにした。ちなみに、1Aはホットドッグリーグ、2Aはハンバーガーリーグ、3Aはバーベキューリーグ、メジャーはステーキリーグと呼ばれている。

遠征からフレズノに戻った直後の5月6日はマッシーの20歳の誕生日だった。球団がフレズノ球場でのその日の試合を〈ジャパン・デー〉として祝福してくれることになった。佐伯さん家族が、ケーキを作り出かける前にお祝いしてくれた。球場に行くと、いつもスタンドで観戦している白人老夫婦がバースデーケーキを持ってきてくれた。マッシーは周囲の思いやりに感謝しつつ、つたない英語で観客席に挨拶をし、感謝を述べた。

2勝目を挙げたのは、その翌日で、同点の9回表、一死からリリーフ登板した。二人の打者に外野に痛烈な当たりを飛ばされながらも野手の正面で助かった。そして味方打線がその裏1点を取りサヨナラ勝ち、という棚ぼたの勝投手だった。

こう書いてくると楽しいだけのマイナー時代のようだが、決してそんなバラ色の毎日だったわけではなかった。時々出てくる肘の痛みはいつも気になっていた。前年に日本で痛めたのと同じ箇所で、キャッチボールをするだけなら感じないが、投手としてのピッチングをすると痛みが走った。アメリカ球界では試合以外は休めるだけ休めという方針でコンディション調整をする。だから投げ続けながら治すことを心がけた。ベンチにいる時でも右手で左肘のマッサージをしながら投げ続けた。そして、好投が続くマッシーは、試合後半の塁上に走者がいるピンチの場面で登場することが多くなっていた。

日常生活でも問題がなかったわけではない。日本人ゆえのトラブルもあった。まだ黒人への厳しい偏見は強く残っている時代で、日本人に対しても差別があり。白人至上主義者も厳然と存在していた。

ジャパンデーの直後、ベーカーズ・フィールドへ遠征日だった。

「マッシー、この間のジャパンデーはよかったな。お前は幸せな奴だ」

そう話しかけてくる選手がいた。

「ありがとう、俺もラッキーと思っている」

「日本人はパールハーバーの時もそうだ。あんな卑劣な奇襲攻撃をしながらもう今は何もなかったような顔をしている」

とんでもない言いがかりで、話が妙な方向にいきそうになった。

こんな時、マッシーは、相手に言いたいだけ言わせて、黙って聞いているしかない。うっかり言い返すと、おかしな展開になる。

しかし、その男のその日の言いがかりはしつこかった。半分冗談のようにはぐらかせたかと思うと、キツイ日本人蔑視に変わる。あまりのくどさに辟易して「シャラップ（黙れ）！」

と言った。彼からの皮肉混じりの日本蔑視はますます拍車がかかった。周囲のチームメイトも二人の様子に気づいてはいるが、わざわざ入ってこようとはしない。毅然とした態度を見せないとダメだと思ったマッシーは、試合前の国歌斉唱の時に、ベンチの中でただ一人国旗掲揚に背を向けて座り儀式を無視した。国旗掲揚に背を向ける—よくもそんな大胆なことをしたと思うが、一人のアメリカ人の日本人蔑視の嫌がらせに対する抗議の態度だった。

「マッシー、一体どうしたんだ」

と、捕手のラリー・スムットがそんな態度を注意してきた。それでもマッシーは口を聞かなかった。「負けてたまるか」と意地になって沈黙を通した。そんなマッシーの態度にナインも「マッシーはよほど傷ついたんだ」と気づいたようで、その後チーム内でイヤミをいう男はでてこなかった。後で聞くと、〝パールハーバー〟を持ち出して絡んできた選手の父親は日本軍の真珠湾攻撃の際に太平洋艦隊に駐艦していて、自身は無事だったものの何人もの友人を失ったとのことだった。


遠征生活に慣れてくると、マッシーは前方の席に座り、8ミリカメラを回した。そして、最前方の席がマッシーの定位置になった。

長時間のバス移動の時は大抵皆がバスの中で眠る。ある日のリノへの8時間移動の時、居眠りを始めたマッシーの頭に、何かがコツンと当たり目が覚めた。後ろを振り返ると目を閉じている者、車窓を過ぎる風景を眺めている者、様々だが誰もが知らん顔をしている。誰かが紙つぶてを投げたのだ。

つまらんいたずらをして――そう思って眠ろうとすると、またコツンと後頭部にきた。日本から来た珍客に対して、そういうからかいや悪戯は度々あったし、マッシーはあまり気に留めないようにしていた。しかし、リノでの3連戦には2試合くらいの登板もありうるので体を休めておきたいと思っていた。

ところがその後も紙つぶてのコツンが続いた。振り返ると、全員が相変わらずの知らん顔だ。4度目につぶてが頭に当たった時、マッシーは立ち上がると、運転席の下にあるスパナを振り上げ、ひとりひとりの顔を睨みつけた。

普段おとなしいマッシーの怒りの形相に全員がおびえているようだった。

「アーユー（お前か）?」

すぐ後ろの席の男にスパナをつきつけると、

「おれじゃないよ」

とおびえて答えた。

この時のマッシーは、「お前ら舐めるなよ」という怒りが抑えられなかっず。「負けるものか」の気持ちだった。

マッシーは、20人ほどの全員に「アーユー?」とスパナを向けた。誰もが「俺がやった」とは言わなかった。マッシーの強気の態度に皆が圧倒されていた。〝勝った〟とマッシーは思った。

やたらに威勢を張るのではない。ただ、日本人とみて舐めてかかってきたり、意地悪をしたりするなら断固として立ち向かう――この事件は、マッシーがアメリカで生活する上での基本姿勢になった。

3ヶ月の研修を受けて6月中旬帰国、というのが当初の予定だったので、6月になると、鶴岡監督初め先輩選手家族など日本への土産品を少しずつ買い始めていた。

しかし、肝心の日本から何も指示がないことが気になっていた。

そんなマッシーの様子を見ていた佐伯は、ワールに尋ねてみた。

マッシーは日本に帰るのに土産品を買い始めている。彼は6月のいつごろに帰国するのだ？」

すると、ワールからは、

「とんでもない。彼はフレズノ・ジャイアンツの貴重な戦力で、日本に帰すわけにはいかない」

という返事が返ってきた。

マッシーはリリーフエースとして活躍していた。8チームで構成されているカリフォルニア・リーグは、投手部門で左右の先発投手が1名ずつとリリーフ投手が2名の4名がベストナインに選ばれる。リリーフ投手として選定されたマッシーはその期の新人王（ルーキーオブザイヤー）にも選ばれていた。

自分はどうしたらいいものか。散々迷った末に、マッシーは実家に電話をした。

清の答えははっきりしていた。

「お前はまだ未成年だ(実際は20歳になっていた)。親の承諾がいるから勝手に行動はできないし、鶴岡さんにも義理があるだろう。恩義を忘れて鶴岡さんを裏切るような行為は許されない」

父が言う道理はよくわかる。だから、鶴岡監督への恩義には必ず報いるし南海ホークスのために働く。しかし、それは今すぐでなくてもいいのではないか。そして、夢物語に近いが、できることならメジャーへの挑戦もしてみたい。

——俺はまだ20歳だ。そして、今その夢の世界への扉を開けかけている。だから。だから……。

マッシーは密かにそう思っていた。

20歳。怖いものはなかった。


それからも、日本の球団からの連絡は何も無いままで、キャピー原田に相談すると、

「僕に任せなさい、今の南海は豊富な投手陣で、今年もパ・リーグのペナントレースを独走している。今帰国しても君の出番はないだろう。球団からの帰国指令があるまではアメリカにいたらいい」

と言ってくれた。

フレズノ・ジャイアンツは相変わらず、「マッシーの保有権はジャイアンツにあるから帰国

することはない」と言っている。

――成り行きに任せよう。なるようになる。

マッシーはそう考えることにした。

しかし、できることなら、アメリカで野球を続けたかった。


フレズノでの生活もすっかり慣れてきて、前以上に快適な毎日だった。

正午過ぎに起きてブランチをとり、ナイターまでの時間は自分の好きなことをして過ごした。車の運転免許も取得し、近所のスーパーなどへは運転するようになった。

デイゲームの時には、試合後に各所から食事に招かれた。特に日系の人たちは、日本からきた若いプロ野球選手を歓迎してくれた。だから日本食にも困らなかった。2世3世のダンスパーティーにも声がかかり、ダンスをやらないにもかかわらず日本から来たマッシーは人気者で話題の中心にいた。

5

【2013年7月12日】ニューヨーク
1対0のまま、1時間以上の中断を経て再開した試合は、続投を志願した黒田が6安打を浴びながらも要所を抑えて5回を無失点で投げ切り、その後イチローのソロホームランを加

え、黒田が2対0で8勝目を挙げた。私たち日本人観客にとっては最高の試合展開になった。雨の中断で、試合が終了したのは夜10時半になっていた。

しかし、一昨日と昨日にニューヨーク入りしたばかりで日本との時差が抜けきれていない私たちの体内時計はまだ正午近くだった。

30分後、私たちは53丁目のレキシントン通りにあるトミ・ジャズにいた。ブルックリン在住の大江千里も度々出演するジャズバーで深夜でも営業している。

ライブ公演は終わり、チャーリー・パーカーのクラリネットが流れていた。私たちは水割りを注文した。

「僕はジャズって全く知らないんですよ」と言いながら、マッシーはアメリカで過ごした60年代の音楽の話をした。私にとっても共通の時代だ。

「あの頃、巷に盛んに流れていたのはフォーシーズンズやビーチボーイズの歌だったですね」

60年代前期のアメリカの音楽シーンは、黒人のR&B、ソウル・ミュージックを白人が取り入れたまだブルー・アイド・ソウルの時代だった。ラジオから流れ、街中に置かれたジュークボックスでかかっているのはフォーシーズンズやビーチボーイズだった。

それが、64年1月にビートルズの『抱きしめたい』が発売されると、アメリカの音楽地図ががらりと変わり始め、ビートルズに続くデイブ・クラーク・ファイブ、ローリング・ストーンズ、アニマルズたちの登場で、ブリティッシュ・インヴェンションが全米を席巻する時代の扉を大きく開ける。

「そうそう１Ａリーグで転戦している時に途中のバス駅では、フォーシーズンズ、ビートルズと一緒に必ずと言っていいほど坂本九の『上を向いて歩こう』が流れていました」

マッシーが渡米した前年63年４月に『スキヤキ』の題名でアメリカで発売された『上を向いて歩こう』は、レスリー・ゴーアが歌う『涙のバースディ・パーティ（It's My Birthday）』の後を受けて６月15日から音楽雑誌ビルボード誌で３週連続で１位になるほどの大ヒットとなっていた。この歌のヒットは、当時偏見を受けて白人中心のアメリカ社会で卑屈になって生活している日系米人達をいかに元気づけたことだろう。

「太平洋戦争が終結してから20年が経ち、あの時代、アメリカの変革期だったんですね」

「公民権運動が至るところで起こり、ベトナム戦争に反対する市民活動が社会問題にもなり、サンフランシスコでは、若者文化が芽生えていました」

ベトナム戦争が本格化して、ＳＦのヘイトアシュベリー地区には若者たちが集まるようになりやがてヒッピーと呼ばれるようになる。

「ボブ・ディランが出てきたのもあの頃でしたね」

「増田さんが作った『ＲＵＮ＆ＲＵＮ』の中で矢沢永吉が１人でバス旅行をする場面があるでしょう？　あの場面を見た時は渡米した年の１Ａリーグのアメリカ時代を思い出して、懐かしかったですね。マイナーリーグでの僕たちの遠征試合はまったくあんなバスの旅でしたよ」

私が製作した映画で『ＲＵＮ＆ＲＵＮ』という作品がある。その映画の中に矢沢永吉がサンフランシスコからロサンゼルスまで長距離バスに乗り１人旅をするシーンがある。その旅模様が、60年代半ば１Ａマイナー球団フレズノジャイアンツの一員として転戦している頃の自身の姿にダブるという。

「途中のバスステーションのコーヒーショップで１人コーヒー飲む場面があるじゃないですか。窓越し遠方のフリーウェイに巨大コンテナ車が走っている光景を見ると、〝あ、俺が居たアメリカだ！〟と思わず胸がキュンとなりましたね」

「そうですか。僕の20歳の時の貧乏旅行もまさしくあの感じでしたよ」

私が渡米したのは１９６７年。グレイハウンド社バスでアメリカ中を旅した。グレイハウンド社の路線網は米国だけでなくカナダ南部まで広がっていた。私はその路線網を利用して米国大陸を４回横断した。だから、あの映画の中のヤザワのバスの旅は私自身の旅の姿とも重なった。

ジュークボックスの全盛期で、スコット・マッケンジーの『花のサンフランシスコ』、ビー・ジーズの『マサチューセッツ』が私のトラベリング・バスの背景音楽だった。

V章　メジャーリーガー誕生

1

ワールは、野球留学に来た日本青年の若者がアメリカで成長していく姿を見ているのが楽しかった。

しかし、彼はいつまでアメリカにいるのだろう。

5月末に話した時は、そろそろ帰る、と言っていたが、あれから2ヶ月が過ぎるのに一向にその気配がない。

「マッシー、君はいつ日本に帰る予定なのだ?」

改めて帰国時期を尋ねたのはフレズノでの試合終了後、8月中旬だった。

「それは僕が決められることではなくて、僕にも分からないんです」

彼は困った顔をした。

「じゃあ、来年はアメリカと日本、どちらでプレーするつもりなのか?」

「それも自分では決められないのです」

また困った顔で答えた。

――この青年は、アメリカで野球を続けたいと思っている。

ワールは、できるだけアメリカで野球体験を積ませたいと思った。

2週間後、ワールがマッシーにウィンターリーグ参加を提案したのは遠征先のネバダ州リノだった。メジャーリーグのペナントレースも終盤にさし掛かり、ナショナル・リーグではフィラデルフィア・フィールズがシーズン初めから首位を走り続けているが、アメリカン・リーグではヨギ・ベラ監督率いるヤンキースが首位のボルティモア・オリオールズを急追していた。

MLBのオフシーズンに開催されるウィンターリーグはメジャーを目指すマイナー選手の為のトライアウトリーグで、アメリカ野球がどういうものかを掴みかけているマッシーには、沢山のことを学ぶチャンスになるに違いない。

1Aリーグとは言え、それまで102イニング登板して、奪三振149のピッチングは2Aいや3Aでも通用するだろう。20歳になったばかりだし、1年間みっちり3Aで鍛えればメジャーへの道も夢ではない力を秘めているとワールは思っていた。

「ウィンターリーグに参加してみないか?」

そう提案するワールに、マッシーは驚いたが、すぐにまた困惑顔になった。

「参加したいです。でも、自分一人では決められません。少し時間を下さい」

自分の身の振り方は南海ホークスが握っているし、鶴岡との約束もあった。

悩んだ挙句に、その夜大月の自宅に電話をした。

「もういい加減に帰って来い」

有無を言わさぬ父の弁だった。

――やはり無理か。

諦めの気持ちになったが、一応日本にいる原田にも話しをすることにした。日本への帰国時期を最終的に決めるのは球団にしても、その前に原田と鶴岡の話し合いがあるはずだ。

「マッシー、偶然だね。ちょうど電話しようと思っていたんだ」

電話をすると、電話の向こうの原田の声が弾んでいる。その口調は嬉しい話題を期待させた。

「せっかくアメリカに行ったのだから、ワールド・シリーズを見てから帰国したらどうだ、二度とないチャンスだぞ。日本には年内に帰ればいいだろう」

と思いもしなかったことを言う。

その原田の言に、少し光明が見えた気がした。

「実はご相談があるのです」

「何だい？　早く帰りたいのか？」

「いいえ違います。実は今日、ビルからウィンターリーグへの参加を勧められました」

マッシーは、是非ウィンターリーグに参加したいこと、そしてワールド・シリーズを見ることよりもその方が意義あることだった、と自論を展開した。自分でも驚くように素直に言葉を並べることができた。

「……！」

思ってもいなかったマッシーの申し出に、原田は一瞬返す言葉に詰まった。半年前にアメリカに物見遊山にでも行くようだった野球少年が、明らかに変わっていた。1年半前に中百舌鳥球場で見かけたまだ坊主頭だった少年は立派な野球人に成長しようとしていた。

「分かった、そのことは私に任せてくれ。私が鶴さんに話してみるから」

原田は、マッシーの希望を真剣に受け止めようと思った。ウィンターリーグ参加に関しては鶴岡を説得できるだろう。33年前、16歳の時、自身が訪米体験で野球を学び、その時に身につけたものの大きさを知っている鶴岡だから、その価値はわかっているはずだ。だから大賛成して許可するだろう

受話器を置いたマッシーには新しい目標ができた。

2ヶ月以上も伸びている帰国話だが年内に帰国する必要はなさそうで、そうだとしたら、今年いっぱいのアメリカ修行は可能だ。

「何かあったらキャピーさんに相談しろ」と球団が言っていて、その原田が、「任せろ」と言ったのだ。

マッシーはウィンターリーグへの参加を決めた。

参加を早く伝えたくて、翌朝1番にワールの下に向かった。監督はきっと喜んでくれるだろう。

「ビル、昨日の話だけれど」

そう話かけるマッシーを、ワールは、ちょっと待て、手で制した。

「今日の最終戦が終わったら、君は明日フレズノからシスコ経由でニューヨークに行くことになった」

「それよりもウィンターリーグのことなんだけど」

「そのことはどうでもいい」

「一体どういうことですか？」

「明日から君は合流するんだよ、ジャイアンツに」

マッシーは苦笑した。

「だって今僕はジャイアンツにいるじゃないですか？」

マッシーは今フレズノ・ジャイアンツの一員だ。

「サンフランシスコ・ジャイアンツだ。マッシー、君はメジャーリーガーになるんだよ！」

突然の話でワールがいうことが理解できない。ウィンターリーグの話は一体どうなったのだろう。

「昨夜遅くに球団から電話があった――」

それがマッシーのメジャー昇格を告げる電話だった、とワールは興奮気味に言う。

9月1日から25人のメジャーの選手枠が40人に増える。来年度に使えそうなマイナー選手を発掘する目的で何人かが昇格する可能性の中にあった。1Aのフレズノでは今シーズン18

勝を挙げた投手、首位打者になった選手、それにホームラン王、盗塁王をダブル受賞した選手の３人が有力候補としていた。

マッシーも可能性皆無とはいえないが、選抜されることはまず無いと思っていた。１Aの上には２A、３Aの球団があるし、１Aからの昇格があるにしてもせいぜい一人だけだろう。

それが、今、メジャー昇格、とワールが言う。

「スカウトがお前のピッチングをとても気に入り、アルビン・ダーク監督に推薦したのだよ！」

ビルは、してやった、と言わんばかりの破顔になっている。

「だから、ニューヨークに行くんだ」

「いつですか？」

「明後日だ。シスコからの朝の便をもう押さえてあるそうだ」

それにしても、まだ今からリノで試合を控えているというのに話が性急すぎる。明後日朝便といってもフレズノからシスコまでの移動も考えると、

フレズノを出るのは早朝１番になる。

「フレズノに帰るのは明日の明け方だし、準備もする必要があります。１日時間をもらえませんか？」

「いやダメだ。メッツとの３連戦が始まるので明後日にはニューヨークに入っていなければダメなんだよ」

有無を言わせなかった。決めたら早い。それがアメリカ流なのだ。

――フレズノに帰ったら、大急ぎで荷物をまとめて準備をしよう。いくらなんでも、今日の登板はないだろうから体を休めておこう。

気持ちを切り替えた。しかし、それは大変な目算違いで、6対4のスコアの6回、無死1、2塁のピンチでマッシーはリリーフ登板することになってしまった。そして、その回1点を取られはしたものの、残り3イニングを1安打、14球に抑え、計10奪三振という完璧なリリーフで勝利に導いた。

試合が終わると休む間もなく全員がバスに乗り込んだ。高速道路、国道を夜通し走り、早朝にフレズノに到着するという強行軍だ。

車内での話題は、その日のマッシーのピッチングだった。4イニングを1安打、14球、10奪三振――間違いなくマッシーはリリーフエースだった。

「フレズノでの3連戦も頼むぜ」

ナインは口々に言った。

マッシーのメジャー昇格はまだ誰も知らない。

「それが、来週からは昇格だと言われたんだ」

「リッチモンドに行くのか？」

バージニア州リッチモンドには、傘下の2A球団フライイング・スクウォーレルズがある。

「いや違う」

「じゃあ、サクラメントか。マッシーなら、3Aパシフィック・リーグでも通用するよ」

サクラメントにはリバー・キャッツ球団がある。

1Aから3Aに昇格することも大変なことだった。

「いや違うんだよ」

「じゃあSFジャイアンツ傘下ではないのか？」

「実は、そのSFジャイアンツに行くと言われたんだ」

「本当か？」

もしかしたらフレズノからメジャーに昇格する選手がいるかもしれない、という噂はあったが、1Aからのいきなりの昇格はかつて少ないし、難しいだろうというのが大方の見解だった。

その時最後に乗り込んできたワール監督がマッシーのメジャー入りを伝えるとバス内がお祭り騒ぎになった。全員がマッシーの昇格を我が事のように喜び、それをまた自分自身の夢へと繋げている。

祝福ムードの中でバスはフレズノへ向かった。

長時間のバス移動は明日の早朝まで続く。夜の試合で疲れ切った選手たちはすぐに眠りに落ちていった。

メジャー昇格。

——本当にメジャーのマウンドに立つことができるのだろうか？

アメリカに着いた日、初めて芽生えたメジャーマウンドへの憧れ。キャンドルスティック・パークの光景がよみがえる。

マッシーは、車窓に額を押し当て月明かりの下を流れる夜景を眺めていた。荒涼とした荒野を横切るフリーウェイを大型の長距離トレイラーが列をなす列を成すように走っている。その遥か向こうの山影には野営をするカウボーイが居て、狼の遠吠えでも聞こえてきそうな光景だ。

次第に心地よい疲労感が体を包んできて……いつしか、目の前を流れる夜景が闇の世界になっていた。

予定通りにバスは朝6時にフレズノに到着した。

「マッシー、今日は俺が送ってやるよ」

ワール監督が佐伯宅まで送ってくれた。今日は忙しい1日になるだろう。マッシーは彼の心遣いに感謝した。

農家の朝は早い。二人が家に着くと、既に家族は朝食を食べているところで、佐伯、フミ夫人、ハワード……皆が揃っていた。

「ビルどうしたんだい、こんなに早く?」

「今、リノ遠征から帰ったところだよ」

「それは知っているが、どうして貴方がわざわざ?」

「どうしても俺の口から伝えたいことがあったのさ」

「？」

「マッシーがメジャーリーガーに昇格したんだ！」

「本当か！」

「もしかしたらあるかも、って言っていただろう」

「それにしても、１Ａからいきなりメジャーに昇格なんて。信じられないな」

「ビル、一緒に朝食はどう？」

フミが勧めた。

「いや結構だ。でも、せっかくだからコーヒーだけいただこうかな。熱いヤツを頼むよ」

と、腰を下ろした。

「それよりも、マッシー、早く準備をしたほうがいい」

ワールはマッシーを促した。

マッシーは自室に戻ると、自分が持っている限りの現金をかき集めた。３００ドルあった。食堂の方から佐伯家族とワール監督の明るい笑い声が聞こえてくる。彼らがマッシーのメジャー昇格を心から喜んでくれていた。その空気が旅行バッグに詰め物をする手の動きを軽やかにした。

――なんと俺は幸せな男なんだろう。

スーツケース１つと手提げバッグが１つ、必要な着替えだけ揃えた。

フレズノの空港までは佐伯さんが送ってくれた。

サンフランシスコ行きの最初の便に乗り込み、約1時間の飛行だ。サンフランシスコ空港には米国到着の時に降り立ったことはあったが、あの時は原田の後について行き入国しただけで、空港の様子など全然わからない。当然誰か球団職員が空港に来ていると思っていたのに、誰も来ていなかった。当てが外れて、マッシーは慌てた。これまでは、チームバスでの遠征移動か、佐伯さん家族の誰かの運転でサンノゼ近郊を旅行したことしかなかった。それが、いきなり航空券を渡され、ひとりでニューヨークへ行け、という。

マイナーとメジャーの選手待遇には天地の差がある、と聞いていた。だから、当然空港では誰かが出迎えて送り出してくれるし、ニューヨーク入りしてからのことも説明があるものと思っていた。しかし、球団関係者らしき人は誰もいなかった。

搭乗ゲートは何番なのだろう?

発着案内の電光掲示板を見てもよくわからないし、待合ホールに流れるアナウンスをキチンと聞き取る英語力もない。

搭乗時刻まであと2時間になっていた。こんなことで時間を費やすと乗り遅れてしまう。焦っている時、小型トランクを手引きしている航空会社の制服姿を見つけ、声をかけた。

「失礼ですが……」

男は立ち止まると、はい、と言って、紳士的な笑顔でマッシーの顔を覗きこんだ。映画『大脱走』の中で、逃走に必要な物資を調達する首謀者を演じたジェームス・ガーナー似の二枚目顔で。制服姿がキリッとしてよく似合っていた。

自分はマッシー・ムラカミという日本から来た野球選手で、これまでカリフォルニア・リーグでプレイしてきたが。昇格してSFジャイアンツでプレイすることになった。チームと合流するべくニューヨークに向かうところなのだが、搭乗ゲートがわからずに困っている――身振り、手振りで話した。

「そうか、君はメジャーリーガーか！　お会いできて嬉しいよ」

ガーナー氏はそう言って握手をし、マッシーの航空券を一瞥すると、笑顔になり、「私がゲートまで案内しますよ」と、歩き出した。

その人はマッシーが搭乗する便のパイロットだった。

――ラッキーだな。

マッシーは思った。

ニューヨークの空港にも、誰も迎えはきていなかった。初めてのひとり旅、初めてのニューヨーク、片言だけの英語力、３００ドルだけの所持金……マッシーはここでもまた途方にくれた。

「何をしているんだい？」

振り返ると、昨夜のＪ・ガーナー氏がいた。

「今度は、サンフランシスコ行きのゲートを探しているのか？」

そんなジョークを言って笑った。

「どこに行きたいのだい？」

苦笑してメモを見せると、頷き、ホテル行きのバス乗り場まで案内してくれた。

知りうる限りの単語を並べ感謝を伝えると、

「活躍を期待しているよ。大リーガーさん」

と片目をつむった。


初めてのニューヨーク訪問の災難はこれだけでは終わらずホテルに着いてからもまた難題が続いた。指定されたルーズベルトホテルにマッシーの名前が宿泊名簿に無いというのだ。

「ムラカミマサノ…日本から来た…野球選手…ジャイアンツ」

と、メモを見ながら単語を並べるのだが、相変わらず怪訝な顔をしている。オレのことを〝ジャップ〟と舐めているのか、と言いたくなる。

耳に入ってくる言葉もカリフォルニアで聞いていた英語とは少し違うし、フロントマンの態度も冷たい。西海岸と東海岸でこうも違うものなのか。マッシーはロビーでどうしたものか、と思案した。

手持ちの金も少ししかないし、ここに泊めてもらえないなら、街をさまようしかない。言葉はわからないし、ニューヨークは治安が悪いと聞いている。暴漢や浮浪者に襲われる危険も大だ。

——明日辺り、俺はハドソン川にでも浮かんでいるのではないか。

真剣に心配もした。

すると、

"Are you Japanese ball player（君は日本人の野球選手ですか）?"

見知らぬ男が声をかけてきた。

"Yes!"

マッシーは思わず大声で応えた。その声に、ロビーにいる人たちの視線が集まった。声をかけてきたのはアートサント・ドミンゴ。ジャイアンツの旅行係だった。

「いつ着くのかと待っていたんだよ、とにかく部屋に入って休んでくれ」

こうしてようやくチェックインした時にはニューヨークに着いてから2時間が経っていた。部屋の鍵を手にした。

"I'll see you later（じゃあ、後でね）"

そういう彼に礼を言ってポーターに続いてエレベーターに乗った。

後で会おう、と言っているのだからまた連絡があるだろう。

ポーターはマッシーを部屋に案内し、ドアを開けると、トランクを置き、窓を覆っていたカーテンを全開した。9月になったばかりで、日差しは長く、明るい外光が部屋に侵入してきた。

「サンキュー」

マッシーが礼を言うが、

「イエス」

と、立ち尽くしている。

「サンキュー・ベリーマッチ」

ベリーマッチ、をつけてもう1度言っても、

「イエス、サー」

と、去ろうとはしない。

あ、そうか――マッシーはポケットを探った。

これまでの遠征では、荷物は自分で運ぶし、チップを払うこともなかった。

ポケットの中にクォーター（25セント貨）があった。

しかし――そうかここはニューヨークの一流ホテルなんだ、そして俺はメジャーリーガーなのだ。

そう思うと、25セントでは少ない気がして、1ドル紙幣を渡した。

「サンキュー、サー」

ポーターはチップを受け取ると、微笑を浮かべて部屋から出て行った。

窓を半開すると心地よい風が入ってきた。

それにしても、今持っている野球道具といえば、グラブとスパイクだけだ。明日から試合だというが、どうなるのだろう？

ベッド上で大の字になり目を閉じると、大都会の騒音が耳に入ってきた。

ドミンゴが「それじゃあ後で」と言ったのだから何か連絡があるはずなのに、１時間経っても連絡がない。

前日朝フレズノを出てから口に入れたのは、飛行機の機内食だけだ。腹も空いてきている。恐る恐る部屋を出てエレベーターで１階まで降りて、レストランを覗いた。

――さて、どうしよう。さっきの旅行係がいてくれればいいが。

そう思いながら店内を見渡していると、中ほどの卓に座っている男が手を上げている。二人連れだ。目線が合い、マッシーが「オレのことか？」と自分を指差すと、そうだという仕草で頷き「こっちへこい」と指先が呼んでいる。

マッシーは二人のテーブルに歩み寄った。

「君が日本人のピッチャーか」

何かで見たことがある顔だった。

「ええ、そうです。名前はムラカミ」

男は「ほら、そうだろう」と言わんばかりに連れの男に頷き、

「よく来たな。俺は、マリシャル。ファン・マリシャルだ」

と、手を差しだしてきた。

ファン・マリシャル。前年にノーヒット・ノーランを記録し、最多勝利を獲得したジャイアンツのエースだ。左脚を高く上げる投球ホームは華麗で、ファンも多く、人気のある投手だ。

「俺は、ホセ・パガン」

スペイン語アクセントが強い隣の男が手をさし出した。

「まあ、ここに座れよ」

ファンが彼の反対側の隣席を指差した。

「サンキュー」

マッシーは二人に挟まれて腰を下ろした。

二人の前にちょうど肉料理が運ばれてきた。

「俺たちはこれから食べるところだ。君は何を食べる?」

メニューを広げて尋ねてきた。これまでの遠征先の食事は、バーガーだったり、ホット・ドッグだったり、フライドチキンだったりが常だった。なんでもいい、空腹でとにかく何か食べたかった。

マリシャルの皿の上には、美味しそうな肉料理が乗っていた。

「セイム(同じものを)」

と、彼が食べている料理を指差した。メニューを見てもよく分からない。

マリシャルは、ボーイを呼んで注文すると、

「何か飲むか?」

と、訊いてきた。

初対面のスター選手は世話好きで人が良さそうだった。テーブルの上に赤ワインのボトルがあり、二人の前にワイングラスがあった。

「セイム」

マッシーはまたそう言ってグラスを指さした。

マリシャルがグラスをもう1つ取り寄せ、3人でグラスを手にした。

「ようこそ、ジャイアンツへ」とマリシャルが言って乾杯をした。「これは、俺の奢りだ」

口に含んだワインは、これまで遠征先で飲んだワインとは一味もふた味も違っていた。芳醇な味が、舌から喉元に流れてくる。これがメジャーの味なのか、と思った。

何か分からずに「セイム」と注文した肉料理は、〝こんな美味いものがあったのか〟と思う料理だった。〈ロースト・ビーフ〉という料理で。初めて口にしたものだった。

「シスコからの空の旅はどうだった？」

「いつアメリカに来たんだ？」

「日本は野球が盛んなのか？」

「アメリカに来て不自由はしていないか？」

マリシャルも、パガンも異国の地からやってきた新人選手に気遣いし、色々話しかけてくれるが、半分くらいしか理解できていないし、話しを返すこともできない。申し訳ないとは思いながら、マッシーは適当に相槌を打つことでその場をごまかした。何よりも空腹だったし、初めて食べるローストビーフに夢中だった。

食後の勘定書に12ドルとあるので驚いた。マッシーの3日分の食事代で、毎日こんな食事をしていたら食費だけで給料は消えてしまう。彼らと一緒に過ごすとそういう生活になるのか、と不安になった。自分は今ある全財産は300ドルだけだ。


一昨日のリノでメジャー入りを告げられてから今日まで、リノ～フレズノ～サンフランシスコ～ニューヨークとなんと慌ただしかったことか。

これまでの5ヶ月間のフレズノ生活を振り返ると、あっという間だった。メジャー昇格の報を受け、勇んでニューヨークに来てはみたものの、明日からのことを考えると不安になりなかなか寝付かれない。

寝付かれないまま窓辺に立つと、目の前に摩天楼が聳えていた。

これまで歩いてきた場面が、脳裏を巡り廻る。渡米前の南海ホークスでの1年間。法政二高時代の合宿生活。故郷大月の少年時代。服役して帰国した父親と初めて会った時……走馬灯のように……。ふかふかの羽毛枕を抱えていると睡魔が襲ってきていた。

3

けたたましい枕元の電話音で起こされた。

今日はナイトゲームと聞いているし、モーニング・コールも頼んではいない。

「グッドモーニング！」

昨日ロビーで声をかけてくれたドミンゴだった。

「随分早いですね」

と言うと、彼はエクスポがどうのこうのと言っているがよくわからない。ただ、ロビーに降りて来い、と言っているのだけはよく分かる。

面倒臭いから「OK, I go（今、行くよ）」と言って電話を切ると顔を洗い、大急ぎでロビーに降りた。

昨夜夕食を一緒にしたマリシャルが、「よく眠れたか？」と声をかけてくれた。

辞書を引きながらドミンゴの説明を探ると、ニューヨークで開催中の〝ワールド・フェア〟の会場に行く、と言っている。〝ワールド・フェア〟――万国博覧会だ。

「アイアンダスタンド」と言ってチームの列に加わった。選手たちの中に入ると直ぐに、妙な威圧感を感じた。明らかに体格が違う。これまでは見劣りすることがなかった自分が、小さく、貧弱にさえ見えた。マイナーリーグの選手たちとは、身長だけでなく、身体の大きさがひと回り違う。

初めて会うメジャー・リーガーたちは、皆気さくで「ヘイ、ユー！」と新加入の日本人に声をかけてくれる。どの人が監督で、どの人がコーチで、どの人がなんと言う選手かも知らないが、誰もが歓迎してくれているのがよくわかる。マッシーは、一人一人に「ハーイ」と手を上げて、陽気に応えた。

選手の中に、新聞、雑誌でよく見かける選手たちがいた。ウィリー・メイズ、オーランド・ペセダ、ウィリー・マッコビーの３人で、彼らもマッシーに気軽に声をかけ、歓迎の意を示してくれた。

それにしても、その日の夜に試合があるという遠征先で、全員揃って万博見物に行く――なんと悠長なのだろうと思ったが、それはボランティア活動の一環で、メジャーリーガー故の社会的使命だと後で知った。

スポーツ記者が何人か同行していた。

彼らの狙いは当然スター選手だが、マッシーのところにもやって来る。しかし、英語がわからないので、笑顔を返し、相も変わらず適当な相槌を打つだけだった。

――俺みたいな新人にまで訊いてくるとは熱心なことだ。

そう思っていたが、その内に記者たちの取材相手が自分に集中してきた。そして彼らの質問の中に、〝メジャー〟〝マイナー〟〝ジャパン〟という単語が盛んにでてくる。どうも、彼らの質問が自分のメジャー昇格に関することらしいた。東洋人がＭＬＢ入りするのは初めてで、普通なら５～６年掛かるところを、１Ａリーグから２Ａ、３Ａを飛び越えての昇格だ。しかも、練習生としてやってきた無名の日本人青年がそれをやってのけたということは事件で、野球界の話題になっていた。

万博会場の道路を隔てた向かい側に、シェイ球場はあった。

球場に着くと数着のユニフォームが積まれてあった。

「この中で君の体に1番あったものを選べ」

と言われ、南海時代と同じ10番のユニフォームがあるので、袖を通してみるとサイズもピッタリあった。直ぐにそのユニフォームに着替えてグランドに出た。初めてのメジャーの試合。初めてのメジャーの球場だった。

照明塔の灯りはまだ着いていない遅い昼下がりの球場で、すでに試合前の練習が始まっていた。先行ジャイアンツはフリーバッティングの最中で、マッシーは外野に向かって走ると、フリーバッティングの打球を拾ったり、投手陣とキャッチボールをしたりした。

今朝万博に一緒に行き顔見知りにはなっているので、ナインの中には自然に溶け込めていた。

ビジターチームの練習時間が終わろうとする頃、

「ロッカールームに行ってくれ」

とコーチに言われた。

初ベンチ入りだから何か注意でもあるのだろう、とロッカールームに入ると、球団代表と若い球団職員がいた。

「やあ、マッシー。今回はメジャー昇格おめでとう。私は球団代表のチャブ・フィニーです」

アメリカでは球団代表と言っても、尊大な態度はしない。フィニー氏もマッシーとまったく同じ目線で握手を交わす。

「これを読んでサインをしてください」

傍らの若い職員が書類を出して言った。

全文英語の書類で、そんなのは内容が分かる訳がない。

「何の書類ですか？」

マッシーは尋ねた。

「サンフランシスコ・ジャイアンツとの契約書です」

職員が答えた。

父親清からは、「日本と違い契約社会のアメリカだから、よく分からない書類には容易にサインしてはいけない」と言われていた。そして、アメリカにきてからも、日系の人から、「日本から来た若者がビザ延長の際に必要だからと書類の中身もわからずにサインをして徴兵に服す羽目になってしまった」と聞いたこともある。ここで内容もわからないままサインをすることは危険だと思った。

「あなたが、今私と話していてもわかる通り、僕は英語があまりよく分かりません。だから今ここでサインしろと言ってもそれは無理です。それに僕は日本を出る時にジャイアンツと契約を交わしたはずです」

マッシーは一語一語丁寧に話をした。

「確かに君はジャイアンツと契約をしている。しかしそれはマイナーチームの契約なのだよ。

今日から君はメジャー・リーガーとして試合に参加するのだから、メジャーの契約を交わす必要がある」

言っていることは、成る程、という気がする。しかし、ここでうっかりサインして、日本に帰れなくなったらとんでもないことだ。そしてまかり間違って徴兵にでも取られるようなことになったら……と、極端な事態までも想像してしまう。

「それでは、どうすれば君はサインできるというのか？」

フィニー氏が訊いてきた。

「日本語のわかる人。できれば日本人をここに呼んで通訳してくれませんか。そうでもしないと、僕は契約書どころかあなたたちとの話も完璧にはできないので」

マッシーの態度に困惑するフィニー氏だったが、職員に日本人を連れてくるように命じた。しかし、試合開始まで20分もなかった。

待っている間にフレズノの佐伯に電話をして、状況を説明した。

「君は南海ホークスとサインしている身だし、その後南海ホークスの斡旋でアメリカ球団と契約している身だ。徴兵にとられるようなことはないが、トラブルに巻き込まれないように、契約内容を確認して慎重にしなさい」

と佐伯の言葉も慎重論だった。

間もなく球団関係者が観客の中から日本人男性を見つけてきてくれた。

「大リーグは下部組織に1A、2A、3Aとあるのはご存知でしょう。今ここでサインをしなければあなたは1A、2A、3Aのどこでもプレーすることはできなくなります。それでもよろしいですか？」

彼は、契約書を精査し、そう尋ねてきた。

「でもみだりにサインをしてはいけない、と言われているんです」

「でしたら、あなたは試合で投げることはできませんね」

そこまで言われると、考え込んでしまう。

マウンドに立つことができないなら、ニューヨークまで来た意味がない。本当は、原田さんか佐伯さんにきちんと相談し、契約書のその他の箇所も精査したかったが、その時間の余裕はなかった。他の選手たちも同様の契約を交わしているのだから大きな問題があるわけはないだろう、マッシーはそう思って、契約書にサインをした。この時点で村上雅則は正式にサンフランシスコ・ジャイアンツの一員になり、記念すべき日本人初の大リーガー誕生になるのだが、それは試合開始15分前のことだった。

しかし、契約書にサインしたばかりのマッシーが、その日の試合に登板することになるとは、誰が予想しただろう。

4

【2013年7月13日】　ニューヨーク

「今日は散々なスコアでしたよ」

マッシーはそう言って水割りを飲んだ。

ホテル・アルゴンキンのレストラン、オークルーム。

ヤンキース対レイズ戦、ＭＬＢホームランダービー、そしてＭＬＢオールスター戦、と野球づくしの予定が続く中、今日だけは野球関連の予定がなかった。

ＭＬＢが主催するゴルフコンペに参加してきたマッシーは、日焼けした顔がほんのり赤くなっている。

「ティーショットでＯＢを４発も出しちゃって」

ホテル名物の肉料理を美味そうにパクついた。

「このローストビーフ、いけます」

私も同じものを注文していた。シェフ自慢のローストビーフは、口に含むととろけた。

「実は、ローストビーフを生まれて初めて食べたのが、ニューヨークだったんです。メジャーに昇格した最初の日、ルーズベルトホテルのレストランで。こんな美味いものがあるのかと思いました。一緒にいたスター選手が奢ってくれると思っていたら割り勘でね。痛い出費でした」

オークルームでは、ルームが醸し出す〝いかにも〟の空気感の中で、ここでしか味わえないアメリカ料理を食べることができる。ニューヨークでも知る人ぞ知るスポットだ。今夜も上品な年配のカップルがテーブルを埋めていた。

「この子がハムレットですか」

目線の先、隣のソファー肘当ての上で、虎柄模様の毛並みの猫がちょこんと座りこちらを見ていた。

アルゴンキンホテルのこと、ラウンド・テーブルのこと、ハムレットのこと……マシーには話をしてあった。

「どうでしたか、『オペラ座』は?」

マッシーがゴルフをしている間に、私は『オペラ座の怪人』を観劇していた。

「4年前にも見ているので今回は2回目でした。今年から主人公のファンタムを黒人（アフリカンアメリカン）が演じていましたが時代がここまできたのかなと感じましたね」

私が初めてミュージカルを見たのは、最初に渡米した年だからもう50年近く前になる。

石原裕次郎さんが紹介してくれたエベリン・メリンは、『太平洋ひとりぼっち』のサン・フランシスコ撮影を協力してくれたプロデューサー、ダン・メリン氏の妹でNYタイムズの演劇担当記者だった、
ショートカットの銀髪がステキな中年女性で、「ミュージカルを見たいか?」と尋ねた彼女が招待してくれたのが、ギリシャから亡命していた女優メリナ・メルクーリ主演の『イリア・ダーリン』（邦題：日曜はダメよ）だった。

あの頃は観客席の大半が白人だった。黒人主役のブロードウェイ演劇も記憶にない。それが、今や、オリジナルでは白人の主役をわざわざ黒人に変えて上演するという今回の『オペ

ラ座の怪人』は、大きな時代の変遷を感じさせられた。

「これまで何回かニューヨークに来ましたが、ミュージカルって1度も見たことがないんですよ」

「本当ですか?」

「僕たちは、遠征試合で来るわけですよね。そうすると、時差もあるし体調調整もありますから……ニューヨーク見物だとか、ミュージカル鑑賞なんてする時間はないんです。それに誘ってくれる人もいなかったし」

「だったら今回、何か見ましょうよ」

「時間ありますかね?」

「明日だけですね」

明後日はホームランダービー、3日後はオールスター戦当日だ。

──マッシーのブロードウェイ・デビューは何の作品が良いのだろう?

私は考え始めた。

Ⅵ章　憧れのマウンド

1

〽ウエヲ　ムーイテアールコウォォ……

口ずさみながら、マウンドに向かった。

まさか、メジャーに登録したその日に登板するとは、思ってもいなかった。しかも、契約を交わしたのが試合開始15分前だ。

選手枠が26人から40人に増えるこの日、マイナーから、4人の新人投手がメジャーに登録された。しかし、1Aから一足飛びに昇格したのはマッシーだけだった。

4対0とリードされている7回裏、ブルペンに指令が入った。――「8回表に得点できない場合は8回裏にマッシーを登板させる」。

マッシーは投球練習を開始した。

8回表、ジャイアンツ無得点。

8回裏、メジャーリーグで日本人投手初登板が実現した。

敗戦処理のマウンドではあったが、1回を1安打二三振。無得点に抑える上出来の登板だった。チームは敗れたが、ナイン全員が日本人大リーガーの誕生を祝福した。

先週までの宿泊先とは段違いのホテルに戻ったマッシーは高揚していた。

普段は使わない浴槽に湯を張り、体を沈めた。浅い浴槽は腰までしか湯に浸らない。それでも、湯船につかると心が落ち着いた。

湯上がりに飲むビールも美味かった。部屋の片隅にしつらえられたミニバーで水割りのウィスキーを作り、ナッツの袋を開けた。この上ない贅沢だった。

一昨日、大リーグ昇格を告げられてからなんと慌ただしい3日間だったことだろう。今日、日本人として初めてメジャーのマウンドに立った。野球史上の歴史的な出来事が、何の前触れもなく、降って沸いたように起こってしまった。だから、マッシー自身に事の偉大さが解っていなかった。

高層階の部屋から見下ろす摩天楼ビル群の灯りがキラキラと輝いている。

——憧れのマウンドに立った。俺は大リーガーになったのだ。

頬をつねってみる。

痛かった。

疲労した身体にウィスキーが効いてきて、心地よい眠りに落ちた。

翌朝10時に起床し、遅い朝食を済ませて球場に行くと、スポーツ記者が待ち構えていた。インタビューをしてくるが、英語でしかも早口なので相変わらず理解できていないが、相手が聞きたいことは、日本人大リーガー第1号として初登板したことの感想に決まっている。

マッシーは、〝ラッキー〟と〝ハッピー〟を何度か使って答えた。そこに、時々〝Unbelievable（信じられない）〟を加え、途中に〝Appreciate（感謝している）〟を使いダーク監督の名前とファーザー、マザーと付け加える。インタビュー終わりに、〝I love baseball〟と〝I love America〟を忘れない。記者は満足そうに、最後に「アリガトウゴザイマシタ」とにわか仕立ての日本語で言った。

ニューヨークでの対メッツ3連戦を終えると、フィラデルフィア、ピッツバーグと東海岸の都市での連戦が続いた。

マイナーとメジャーでは待遇がまったく違う。主力選手のようにファーストクラスとはいかないが、都市間の移動は航空機だし、ホテルの部屋には歓迎の名札と果物が置かれてある。

初登板で好投したマッシーは、翌日からの6連戦が楽しみだった。アピールできる投球内容だったのでもう1度は登板チャンスがあるだろう。1イニングだけの中継ぎなら二度の登板があってもおかしくない。体調は万全で試合前の走り込みも入念にやっていた。

ところが、その後の1週間の遠征中に1度も登板機会がなかった。調子がいいだけに余計に欲求不満になる。そして、ブルペンで投げているだけというのも恥ずかしかった。

2度目の登板がないまま、サンフランシスコに戻ったのはニュヨーク入りしてから10日後で、次の試合はドジャーズとの3連戦だった。サイヤング賞を受賞している右腕ドライスデールと左腕コーファックスの投手二人と、メジャーリーグ史上№1のスィッチ・ヒッターのモーリス・ウィルスを擁するドジャーズは前年のワールドシリーズを制覇した最強球団だった。しかし今年は、既にシーズン15勝、２００奪三振を上げている両腕を抱えながら、打線の貧弱さが優勝戦線からは大きく脱落させ、下位を低迷していた。

マッシーは9時半に球場入りし、本拠地キャンドルスティック・パークの土を踏んだ。午後1時に開始された3連戦の最初の試合、1対8と大きくリードされた6回から登板した。地元でのお披露目登板だったが、6、7回の2イニングを、1安打、14球、4奪三振とまあまあの出来で投げ切った。

2日後には9回に0対1のスコアで1点差の切迫した戦況での登板だった。1点差のままなら、逆転も十分にありうる。スクリューボールが面白いように決まり、マッシーは3人をノーヒット13振で抑えた。

ニューヨークのデビュー戦と本拠地での2度の登板を合わせて5回7奪三振無失点の内容で、「認めてもらえるかな」と思った。

シスコに移ったマッシーはホテルに住むことになった。空港の南に車で15分のサン・マテオにあるベンジャミン・フランクリン・ホテル。2塁手のハル・ラニア他何人かのチームメイトも住んでいる。サンノゼの佐伯宅での下宿生活に慣れていたので、不安だったが、すぐにホテル生活に慣れた。ナインたちが自宅に招いてくれるし、新しく出会ったシスコ在住の日本人たちも何かにつけて食事に誘ってくれる。フレズノ時代とはまたひと味違う生活があった。

グランドでも、最初の頃は敗戦処理が多かったが、そのうち、大量得点差がある勝試合にも投げるようにもなっていた。

そんな中で、記念すべきメジャー初勝利がやってきた。

9月29日のヒューストンでのコルト45戦。ジャイアンツの先発はメジャーの選手枠が増えた時にマッシーと同時に3Aのタコマから昇格したディック・エステルだった。速球投手だがコントロールに難があるエステルが、来期もメジャーに残るためには重要なその日の登板だった。しかし、その日のピッチングも制球に苦しみ、4球が得点に結びつくというパターンで、4対4のスコアで終盤に差し掛かっていた。

6回からウォーミングアップを始めはしたが、緊迫した試合展開なので自分が登板はすることはないと思っていた。マイナーから上がってきたばかりの若手投手を起用する冒険をするわけがない。

ところが、8回の攻撃でエステルに代打が起用されたので、「俺の出番になるな」と思い始めた。9回表を投げる候補は、あたりを見回すと自分しかいない。

――よし。

気合を入れた。

――監督の決断に応えてみせる。

9回表、マッシーの名前がアナウンスされた。シェイ球場で初登板した時のような緊張はなかった。キャンドルスティック球場では登板の経験はなかったが大リーグの打者たちの癖も少しずつわかってきていた。制球に苦しむ投手が多いメジャーでは。カウントを不利にしないように直球でストライクを取りにいく。だから、1―0、2―0、3―0のボール先行のカウントの時、バッターは直球に狙いを定めてバットを振ってくる。そこで、マッシーがカーブ、スクリューボールでストライクを取りにいくと、彼らは直球狙いでバットを振り回してきては空を切った。

当初は1回だけ、延長戦になってもせいぜい2回予定だった登板が、11回表も続投になり、その回も3者凡退で切り抜けた。9、10、11回を内野安打1本のピッチングだった。

3回を投げ切ったが、このまま延長が続けば投手交代になる。次のピッチャーが既に準備していた。

ところが、11回裏にドミニカ出身のマテオ・アルーのサヨナラ本塁打が出て、マッシーに勝利が転がり込んできた。思いもよらぬメジャー初勝利だ。

アルーのホームインで湧くスタンドに、ダーク監督に促されたマッシーはベンチ前に出て手を振った。地元球場でのサヨナラ勝ち、日本から来た新人投手の初勝利を祝福する観衆の声援はすごかった。マッシーは夢見心地で、ふわふわと雲の上に浮いている気持ちだった。

そんな気持ちを、現実に実感したのはホテルに帰ってからだった。

回転ドアを回してホテルに入ると、ロビーにいた一人の紳士が「コングラチュレーション（おめでとう）！」と声をかけてきた。その声に気がついた人たちがマッシーを取り囲み、握手攻めになった。照れ臭かったが嬉しかった。次ぎに、ロビーに居合わせた人たちが何事が起こったのか、と集まり出した。

「そうか、君が今日の勝利投手か！」

「同じホテルに宿泊していて光栄だよ」

上着を脱ぎ、シャツの背にサインしてくれという人がいた。

自室に帰り灯りを点けると、レースのカーテン越しに月明かりが差し込んでいる。無人の部屋に、先刻までの球場の熱気と興奮が蘇ってきた。

「メジャーリーグで日本人初の勝利投手になったんだ！」

そう実感すると、皆に知らせたくなった。ワール監督、佐伯さん、大坂さん……次々に電話をした。最後には滅多にすることがない国際電話をかけた。交換手を通しての日本への電話は、相手が出るまでの時間をとても長く感じた。

電話に出た父はメジャーリーグで勝利投手になったことの意味が、解っていないようだった。次に知らせた奥秋の祖父は大喜びだった。甲子園のマウンドに立った時、プロ野球に入る時、アメリカに野球留学する時、野球人生の節目に常に応援してくれている祖父だ。帰国したらアメリカの話を聞かせてくれ、と言った。

2

【2013年7月14日】　ニューヨーク

レストラン『タッド・ステーキ』は、今夜も賑わっていた。1960年にオープンしたカフェスタイルの老舗レストランは、そこそこの美味しいステーキを安く食べさせるので、ニューヨーカー達にも、観光客にも人気の店だ。

ニューヨーク入りして5日目の夜、私たちはタイムズスクエアに面したその店にいた。目の前の大きなガラス窓越しの通りには大勢の人が往来し、広場には人溜りがあった。

オープン時に1・09ドルだったステーキ代は、初めて私が訪れた1967年には1・99ドルになり、今は9・04ドルになっている。

夜11時を過ぎてのステーキは流石に胃に負担で、私たちは、七面鳥のサンドイッチとビールを注文した。

ニューヨークでメジャーリーグデビューをし、その後も何度か遠征で訪れたことはあったものの、宿泊先と野球場を往復するだけだったマッシーのブロードウェイ初観劇後だった。

どの作品がいいだろうか、と思案する私に、

「あなたたちの世代の人には『ジャージー・ボーイズ』がお薦めです」

と、友人のホテルマンからアドバイスがあった。

ステージに立っている4人のミュージシャンの後ろ姿がポスターになっているその作品は、街中のビルボードでもよく目にしていた。

「ご存じないですか、ジャージー・ボーイズというのはフォー・シーズンズのことなんですよ」

と言う彼のひと言が私の興味を喚起した。

それは、1960年代に活躍したロックグループ、フォーシーズンズの結成とスターダムに駆け上がっていく姿を描いたミュージカルで、題名の『ジャージー・ボーイズ』はメンバー達のニュージャージー州出身に由来している。そして舞台では、彼らのヒット曲がふんだんに歌われるという。フォーシーズンズの音楽が全米を席巻していた1964年、1965年は、マッシーが米国に野球留学をしていた年だ。

――ジャージーボーイズがフォーシーズンズのことなら、この作品をおいて他にはない。

私はその日の夜の公演を予約した。


上演しているオーガスト・ウィルソン劇場は52丁目通りに面したブロードウェイ街と8番街の間にあり、通りを挟んだ対面にはニール・サイモン劇場がある。ピューリッツァー賞とトニー賞を受賞し、ブロードウェイ演劇に多大な貢献をした二人の作家の名前を冠した劇場が向かい合って並ぶこの一画は、ブロードウェイの象徴のようで私が好きな景観だ。

『ジャージーボーイズ』はトニー賞受賞に相応しく、その2時間半のステージは、極上のエンタテインメント・ミュージカルになっていた。『恋はヤセ我慢』『シェリー』『瞳の面影』などフォー・シーズンズの楽曲25曲が劇中に歌われ、それが語り部の役割もしていて、英語の台詞がわからなくても物語を追いかけることができた。リズミカルで時にはムーディーな音楽とジャジーな振り付けが舞台に良くマッチしていた。

「懐かしい曲が沢山出てきましたね。聞いたことがある歌、随分ありましたよ」

マッシーは十分楽しめたようだった。

「私あの曲好きなんですよ。なんていう曲なんですかね。こういうヤツです」

そう言ってマッシーはハミングした。

〽♪〜〜〜

「……『君の瞳に恋してる』(Can't Take My Eyes Off You)」

「そうそれです。いいですねあの歌」

私たちはバドワイザーを飲んでターキー・サンドを頬張った。赤かぶときゅうりのピクルスがビールとよく合った。

3

初勝利から数日して、シーズン終了後のウィンターリーグへの参加指令が出た。今年開催地メンフィスはエルビス・プレスリーの生地でグレイスランドもよく知られる。エルビスファンのマッシーには、それも楽しみだった。今年アメリカに来て最初に見た映画がエルビスの西部劇『燃える平原児』だった。

日本から西村省三（後に省一郎に改名）が参加するという。西村はマッシーよりも3歳上で、近畿大学在学中に、近畿学生野球リーグで3季連続優勝をし、2年生で中退し南海ホークスへ入団した。一昨年、肩を複雑脱臼する大怪我をして2年間登板がなかった。それでも鶴岡監督の期待は大きく、今回のウィンターリーグ派遣となった。


この年の大リーグのペナント争いはア・リーグ、ナ・リーグ両リーグ共に2位とわずか1ゲーム差という接戦の末の優勝で、ニューヨーク・ヤンキースとセントルイス・カージナルスの間でワールド・シリーズが行われた。

レギュラーシーズンが終わり10月になると、マッシーは直ぐにメンフィスに向かった。そして西村と合流すると相談して、アパートを借り、自炊生活をすることにした。南海ホークス入団年に西村とは面識があり、開けっぴろげな性格でマッシーは好きな先輩だった。

——あの人となら、仲良くアパート生活ができるだろう。

と思った。

ダイニングキッチンとそこにつながるリビングルームのほか、ベッドルームが2室あり、二人の共同生活には十分な広さだった。

料理をすることが嫌いでなかったマッシーが、自分が食事を作るから西村が片付けをする、と自炊生活を提案すると、「よかろう」と西村はすぐに同意した。

週に1度のスーパー・マーケットでの買い出しも二人で楽しんだ。日本にあるような和牛はないが、とにかく肉は安いので、いつも大量に買い込んだ。朝食は、牛乳、ジュースを冷蔵庫から取り出し、コーヒーを沸かしてベーコンエッグなどを作った。しかし、週の半分は近くのコーヒーショップで朝食を食べた。1ドル50セントで、アメリカン・ブレックファーストが食べられた。マッシーが腕を振るうのは夕食で、二人とも若いのでステーキとサラダのセットが中心で、連日のステーキでもまったくOKだった。パン食中心だが、メンフィスで知り合った日本人が電気炊飯器を貸してくれたので、時にはご飯を炊いた。

お米は、西海岸で日系人が作っているアメリカ産日本米で、『加州米』『牡丹米』『さくら米』などの銘柄があった。カリフォルニア州サクラメントバレーは米栽培に理想的な気候といわれ、シュラネバダ山脈を源流とする水も美味しい米栽培を助長した。

「外国産米はまずいと聞いていたけど、アメリカの米は美味いな。日本の米と変わらない」

ウィンターリーグに参加したら米の食事はできないだろうと思っていた西村は、加州米を気に入っていた。メンフィスに1軒だけ日本食材を売っている店があったので、豆腐、しらたきを仕入れて、すき焼きも何度か作った。野菜にしても手に入るのは限られているので〝すき焼きもどき〟と言った方がいい。それでも、マッシーの味付けは好評で、西村は何かというと「おい、すき焼きいこうか」と言った。

食事が終わると、後片付けは西村の役割だ。流しで洗い物をしながら「『君作る人、俺洗う人』そんな感じだな」と西村が言った。

西村の奔放な性格は、時にはマッシーを困らせることもあった。

洗濯はそれぞれが自分の衣類をアパートのコインランドリーで洗った。中庭を挟んでコの字型になった2階建てアパートの隅に洗濯機と乾燥機が2台づつ置かれてあり、そこに行くのに西村はステテコに腹巻き、ダボシャツ姿という縁日のテキ屋スタイルで行く。首からお守りも下げるという念のいれ様だ。

「西村さん、おかしいですよ、そのスタイル」

というと、西村はお気に入りの服装らしく、

「なんでや、どこがおかしいんや？」

「まるでスーダラ節の植木等みたいですよ」

後年に渥美清の寅さんシリーズで馴染みになるスタイルだが、この時にはまだ映画『男はつらいよ』が世に出る前で、「フーテンの寅」は誕生していなかった。

「いいじゃないか、植木等」

「僕は嫌ですよ。やめて下さいよ」

というと、

「そうか、マッシーが言うなら、しゃぁないな」

とあっさりお気に入りスタイルを諦めた。

そういう西村の素直なところがマッシーは好きだった。

しかしそんな西村は試合になると闘志満々だった。

西村が先発した試合でこんなことがあった。

1塁方向へ深いゴロを打たれて1塁ベースカバーに走った西村が、全速力で走ってきた走者と激突し西村は吹っ飛ばされた。1塁に向かう時に内側に入らずライン上をベースに入り1塁手からの送球を受けたのが原因なのだが、吹っ飛ばされてからもんどり打って3回転した西村は怒り爆発した。

起き上がるや否や、衝突した走者に向かって駆け寄ると、

「オンドリャア、ナニさらす気か！」

と大阪弁でまくしたてた。こういう時の大阪弁は迫力がある。

相手選手は意味がわからないが、怒りまくっていることはすぐに分かり、逆に西村に飛びかかっていった。1塁側ブルペンで投球練習をしていたマッシーは慌てて飛んでいくと、

「西さん、やめとけ！　敵う相手じゃない。あの腕っ節を見ろよ」

と、相手選手のマッシーの脚の太さほどの腕を指した。

強く打った肩を押さえている西村は痛みを堪えて引き下がった。すぐにレントゲン検査をすると、軽い脱臼ということで、安心した。

フェニックスでのアパート暮らしは、マイナー時代のフレズノ生活、メジャー昇格後のサンフランシスコ生活とはまったく違う楽しいものだった。ウィンターリーグが終了してもそのままアメリカに残りたい、来シーズンもアメリカで野球を続けたいと思うようになっていた。英語を真剣に勉強してみようという気になったマッシーが、ストーンハム会長に相談すると、日本人家庭教師を紹介してくれて、本格的に英会話のレッスンを始めることにした。

「西さんも英会話の勉強を一緒にやりましょうよ」

と誘ってみたが、

「そんなシンキ臭いことできるか、お前一人でやれ」

とまったく関心を示さなかった。それも西村らしいと思った。

「マッシー、おまえさんはアメリカが合っているよ。どうだ、このままアメリカで野球を続けたら。そして、いずれは金髪の嫁さんをもらって……マッシーならやっていけるよ」

英会話に取り組み始めたマッシーに、西村がそんなことを言ってきたことがある。ウィンターリーグも残り1週間になった頃だった。その日は試合も、練習もなく、ご飯を炊いて〝すき焼きもどき〟を食べていた。

「ところで、マッシーはアメリカで差別を受けたことはないのか？オレまだ人種差別があると思っていたんだけど、あまり感じないんだよ」

「僕も余り感じることはないんですが、黒人差別は確かにありますね。それも地域によって大分違うようですが」

２年前にウィリーメイズがサン・フランシスコ郊外の白人居住区に家を探しに行ったら、住人たちから「例えメイズであっても、もし黒人に売ったなら、皆そこを出ていく」という電話が何本もあったという。

「やっぱり、いざ住むとなれば色々問題もでてくるんだろうなあ」

野球界のスーパースターでさえそんな差別をされるのだから、一般黒人たちは押して知るべし、だ。

有色人種（Colored）に分類される日本人も差別を感じることはある。マッシーも嫌な思いをしたことが何度かある。陰で、「ジャップが」と言うのを耳にしたこともあった。

「でもどうってことないですよ。だって、こんなに楽しく野球をやれるのですから」

「お前、本当に野球が好きなんだな。お前さん見ていると、野球少年がそのまま大人なったみたいだよ」

西村が言った。

西村は、水島新司の野球漫画『あぶさん』の中で「ネット裏のエース」という副題の回に、実名でその活躍が描かれている。

4

【２０１３年７月15日】　ニューヨーク

「ハーレムって、こんな所だったんですね。もっと荒れた街で我々が入るのは危険な地区だと思っていました」

背後のビル壁を見上げながらマッシーが言った。誰が描いたのか、ピカソとアンディ・ウォーフォールをごちゃ混ぜにしたような大きな抽象画が描かれている。

ハーレム＝貧民街＝犯罪多発地域、というイメージが定着していた時代は確かにあった。マッシーや私が初めてアメリカの地に足を踏み入れた頃はまだそういう時代だった。だからハーレムのことは話には聞くが、自分が足を踏み入れるとは、考えるべくも無い領域だった。

それが、1990年代から始まる大掛かりの再開発で、荒れ果てた廃墟が次々と取り壊されて新築ビルに変わり、周辺には高級スーパーマーケットがオープンし、スポーツジムが建ち、中流階級層が移り住むようになった。そして、荒廃の象徴でもあった街の至る処を覆う猥雑な落書きが、今は個性溢れるビル壁画とシャッター面画に変わっている。その地域は、街の一画が美術館になったようでもある。

私が初めてハーレムに入ったのは40年前、徴兵拒否で世界チャンピオンを剥奪されたモハメッド・アリのドキュメンタリー映画『黒い魂（Stand Up Like A Man）』の撮影で、だった。マック・フォスターとのノンタイトル試合で来日したアリと意気投合し、記録映画の製作を決めた勝新太郎さんから製作を委任され、1年前から撮影を始めていた。その間、ロサンゼルス、ラスベガスなどでアリの試合と日常に張り付き、ニュージャージー州ディア・レイクにある彼のキャンプで1週間一緒に過ごしたこともあった。

ハーレムの住人にとってアリは憧れの雲上人で、その存在は絶対的なものだった。そのアリの仲間として訪れた私たちも歓迎された。だから、居心地は悪いものではなかったが、その生活環境の劣悪さと不気味さを感じる住人達に、恐怖心を抱いたのを覚えている。


そんなハーレムを再訪したいと思い立ったのは昨夜の1本の電話が発端だった。ロス在住の友人ダグ・クレイボーンからで、深夜12時に近い電話だった。

「随分遅い電話だね」

という私に、一瞬間があって、

「ごめん、時間を間違った」

と言った。

西海岸と東海岸には3時間の時差があるが、その計算を間違ったというのだ〝一瞬の間〟は、自分が電話をかけた時刻を確認する間だったようだ。

「実は君に見せたい芝居があるんだ」

と、彼は切り出した。

ウエスト・ハリウッドにあるRouge Machine Theatreという小さな劇場で先月から公演が始まった『One Night Iin Miami（ある夜、マイアミで）』という芝居で、モハメッド・アリ、マルコムX、ジム・ブラウン、サム・クックの4人の黒人社会のリーダーたちが登場する実話に基づく物語だった。マルコムXは黒人解放運動のリーダーとして、ジム・ブラウンはアメリカンフットボール界のスタープレイヤーとして、サム・クックは黒人を代表するソウル歌手として、黒人社会のヒーロー達だった。

カシアス・クレイがヘビー級王者になった翌日、彼を祝福するべくフロリダのホテルに集まった4人が黒人差別問題に言及し、議論に発展していくという物語で、公演直後からかなりの反響があるという。カシアス・クレイはこの日を境にモハメッド・アリと改名している。

電話をしてきたクレイボーンは、F・コッポラ監督の『ランブル・フィッシュ』のプロデューサーを務め、『ベース・ボール』『快傑ゾロ』『ワイルド・スピード』などの娯楽大作も手がけている。最初の出会いが『ランブル・フィッシュ』の公開直後だったからもう30年来の付き合いだ。

「今回はMLBのオールスター観戦が目的だから、明後日の試合が終わったらすぐに日本に帰らなければいけないんだ」

「それは、残念。でもあの芝居はいずれ映画になると思うよ、その時には是非見た方がいい」

そう言って、友人は電話を切った。

ロサンゼルスまで行って芝居を見ることはできないが、今になって60年代のカオス（混沌）の時代が見直され、アリやマルコムXが話題になることがとても興味深かった。私はアリと密着して過ごした夏を思い出した。あの時訪れたハーレムが、今は別世界になっているという。

――変貌したハーレムを再訪したい。

衝動的に思った。

今日は、ホームランダービー観戦前にマッシーと落ち合う約束になっているが、その前にハーレムを訪れる時間は十分にある。

マッシーにその旨を伝えると、彼も一緒に行きたいと言い出して、二人で来ることになった

ハーレムの街には昔の面影は消え、危険な地域ではなくなっていた。かつてのソーホー地区がそうだったように斬新なアートの街に変わりつつある。

「今考えると、あの頃のアメリカは激動の時代だったんですよね」

１９５０年代後半に起こった公民権運動は60年代に入ると益々活発になり20万人が集結したワシントン大行進は私たちが高校生の時だった。

「確かにそうでした。でも、その時代の中にいる時は、それには気づかないものなんですよね」

そう、確かに私たちにその自覚はなかった。

「〝私には夢がある（I Have A Dream）〟――渡米した頃に随分目にし、耳にする言葉でした」

ルーサー・キングが演説の中で呼びかけたその一言は、その後の民権運動の標語になっていた。そんな中で、Ｊ・Ｆ・ケネディ、マルコムX、ルーサー・キング……痛ましい暗殺事件が続いた時代だ。

広い米国なので地域によってその程度にはかなりの違いがあるが、私が北米大陸を放浪し

ている時に立ち寄った街々の公共施設や飲食店で人種差別は確実にあった。南部には特にあった。"No Colors(有色人種お断り)"と貼り紙を出している飲食店を見かけることもあった。

実力が全てのスポーツ界とは言いながら、それでも差別はあった。1947年にジャッキー・ロビンソンが黒人として初めてのメジャーリーガーになった後、何人もの黒人メジャーリーガーが誕生していたが、野球界でもまだ黒人差別は存在していた。

ジャイアンツ球団の同僚、本塁打王4回、首位打者1回、MVP2回の大打者ウィリー・メイズはマッシーのことを何かにつけて気にかけてくれた。

自宅にも招待してくれて、誕生日が同じと知ると一緒に誕生祝をしてくれた。

「自分達が苦労したので、異邦人で言葉もわからない日本人を気にしてくれたのでしょうね」

私たちは、街の教会隣にあるハーレム・シェイクでコーヒーを飲んだ。横の壁にはキース・ヘリングもどきの絵が描かれてある。

「ベトナム戦争が激化して、反戦運動が拡大し、一方で私がいたシスコではヒッピー族が生まれていました」

「あの頃、偉大なアメリカに影が差し始めた頃でもあったんですよね」

そう米国社会はカオスの時代だった。

しかし、社会は常に変貌する。ハーレムの治安回復というテーマを掲げ再開発に取り組んだのがジュリアーニ前ニューヨーク市長で、今では元大統領のビル・クリントンはオフィスをここに構え、ハーレム変貌の象徴になっている。

Ⅶ章　日本人の誇り

1

巷にはクリスマスキャロルが流れ、街角にはサンタクロースがいて……メンフィスの街の装いがクリスマス一色なっていた。

百貨店、大型スーパー店、中心街の商店……すべての店で大型セールが始まり、テレビからはセール商品の広告がひっきりなしに流れている。

「おい、12月になったらアメリカは街全部クリマスになっちまうんだな」

西村がそんな街の変容に目を丸くした。

郊外の家々では、屋根から軒先から庭の木までもが色とりどりの豆電球を纏っている。ディズニー映画の一場面を切り取ったようで、眺めているだけでも楽しい。

その極端な一夜の変貌ぶりには、マッシーも驚いていた。

「『パパは何でも知っている』。まさしくあの世界だなあ」

西村が日本でも放送中で人気があるテレビ番組の名前をだした。

アメリカ中西部の架空の街に住む、両親と3人の子供の典型的な中流家族アンダーソン一家に起こる騒動などの日常生活を描いたホームドラマで、当時のアメリカの家庭模様を窺い知ることができた。

「あの中に出てくるドでかい冷蔵庫にはびっくりだったけど、こっちに来てみたら本当にあいうでかい冷蔵庫が台所にあるのでびっくりしたよ」

マッシーも同じことを感じていた。

「牛乳瓶もデカいし、ジュースも本物の果物ジュースででかい瓶に入っていますよ」

その頃日本でジュースというと、果汁を少し入れただけの砂糖水とか、ブドウ糖に果汁味をつけた粉末ジュースが一般的で、アメリカのように100％果汁のジュースは滅多になかった。日本ではまだ氷で冷やす冷蔵庫だったが、アメリカでは全ての家庭が電気冷蔵庫だった。

二人共、テレビで見るアメリカ番組に魅了させられた世代だった。

「西さんも、ああいうテレビ番組見るんですか？」

あの種のアメリカホームドラマは、西村向きではないと思った。

「馬鹿にするなよ。おれだって、人並みに子供時代はあったんだぞ。それに鶴岡さんにアメリカに言って勉強してこい、と言われたら、少しはアメリカの生活を勉強してからくるよ。日本人として恥をかきたくないからな」

「だったらあのステテコ姿はないですよ」

「それを言うなって、すぐに止めただろう」

二人は西村が来た当初の出来事を思い出した。

あれから1ケ月半になる。

その頃大月の実家から、「日本に帰って来るように」という連絡が頻繁に入るようになっていた。

マッシーには帰るつもりはなく、原田さんにも相談したが、「心配しないでいい」と言ってくれている。だから、そのままアメリカに残り、来シーズンもアメリカでプレイできるものと思っていた。

ところが、清でだけでなく、幼い頃からマッシーを可愛がり、言うことはなんでも聞いてくれていた祖父武志も「雅則、とにかく1度帰っておいで」と言うし、どうも自分が知らない何かがあるようだ。球団も祖父と同じように、とにかく帰ってこい、と言う。とにかく1度帰国することに決めた。

ウィンターリーグが終了した12月6日夜に、メンフィスまで来てくれたキャピー原田と西村とロスへ向かった。西村とはどうせだから、ロサンゼルスとハワイを1週間位観光してから帰国しようと話していた。

原田の案内で、ディズニーランドで童心に返り、ビバリーヒルズをドライブし、ハリウッドのレストランで食事をした。

ロスを発つ前日、ボブ・ホープのショーを観に行くことになった。

ボブ・ホープと聞いて西村は、

「〝バッテンボー〟か。良いね。日本への土産話になる」

と、喜んだ。

戦後、ホープが主演したコメディ西部劇『腰抜け二丁拳銃』が日本で大ヒットし、主題歌『ボタンとリボン（Buttons & Bows）』が日本人にも耳馴染みが良く、大人だけでなく、子供たちの間でも「〽バッテンボー」と口ずさまれていた。

英語はわからないマッシーたちだが、軽妙なホープの話術に客たちが笑う和やかなショーの会場は、豊かなアメリカ中産階級社会の一面をよく表していた。

ボブ・ホープを見たさに訪れたショーだったが、思わぬハプニングがその会場で起こった。

ショーの中盤で、突然マッシーが座っているテーブルにスポットライトが当たったのだ。

「皆さん、サンフランシスコ・ジャイアンツのマッシー村上投手を紹介します！」

というアナウンスが流れ、スポット中にマッシーが立ち上がり会釈をすると、次には舞台上からのホープの呼びかで舞台に上がることになった。ゴルフ好きで有名なホープは野球ファンでもあり、クリーブランド・インディアンスの共同オーナーを務めたこともある。当然、日本人初のメジャーリーガーのことは知っていた。

登壇させせられたマッシーは、気恥ずかしさはあるものの、喜びで体が震えた。

「ウィンターリーグに参加した友人のニシムラも一緒だ」

と言うと、ホープが、「どこにいる?」と客席を見渡し、再びスポットライトがさっきまでマッシーがいた席を照らすと、光の輪の中に西村がいた。西村が手を挙げると、ホープが〝カモン!〟と声をかけ、西村も舞台に上がった。

握手の手を差し出すホープの手のひらを、茶目っ気ある西村が人差し指でちょこちょこくすぐったので、びっくりしたホープが慌てて手を引っ込める一幕もあり、客席を笑わせた。

「マッシー、お前さん有名人だなあ」

席に戻って西村が言った。

照れ臭かったが嬉しかった。

ショーが終わりロビーに出ると、郊外のガーデナ市に住むという日系2世夫婦に声をかけられ、夫人が差し出すハンカチにサインをした。二人とも、英語訛りが強い日本語だった。

「私の両親は山口県出身ですが、あなたの活躍をとてもよろこんでいます。両親にいいプレゼントができました。来年も頑張ってください」

サインをする傍でニコニコしながら、人柄の良さそうな夫がマッシーの手を固く握った。

胸に込み上げてくるものがあった。自分が大リーガーとしてマウンドに立ったこと、幸運にも勝ち星まで上げたことが、日系人の人たちをこんなに元気づけることができたかと思うと、本当に素晴らしい1年だった、と改めて思った。

翌日サンフランシスコに飛ぶと、マッシーはジャイアンツ球団事務所で翌年の契約話をした。大リーガーとしての契約で、年俸3万ドル、両親を1ヶ月アメリカに招待する、といういかにもアメリカらしい事項も付記した好条件の契約だった。

12月12日、3人はハワイに向かった。ハワイはマッシーが少年時代から憧れの島だった。法政二高合宿所で毎週欠かさず見ていた西部劇『ローハイド』の中で柳原良平が描くアンクルトリス親父の「トリスを飲んでHawaiiに行こう！」という標語のコマーシャルに刺激を受け、エルビス・プレスリーの映画『ブルー・ハワイ』を見たのはプロ入り前年の高校生の時だった。

山国の故郷で川遊びしか知らずに育ったマッシーが初めて海水に触れたのも高校生の時だった。あの時に泳いだ湘南海岸と違い、ワイキキビーチは白い砂浜で、海の色は鮮やかなエメラルドグリーンだった。絵葉書で見るダイヤモンドヘッドが目の前にあった。遠い沖の白い波頭の上を滑るように走る人影は、まだ日本では見かけることがないサーファーたちだった。

明日が帰国という前夜、スーパーで買った小瓶のバドワイザーを袋に入れて二人で浜辺に出た。昼の灼熱下のビーチとは一転してひんやりした海風が心地よかった。日本の海辺にある強い磯の香りがあまりしなかった。

10ヶ月ぶりに帰る日本は師走で木枯らしの季節になっているだろう。甲斐の実家では餅つきが終わった頃だろうか。

「ハワイの海は気持ちいいなあ」

二人でビール瓶の先をカチッと合わせた。

「今回はいい経験をしたよ。二度とできないだろうな。鶴岡親分には大感謝だ」

「よかったですね」

「それと、マッシーにも感謝だ。おれ一人だったらとても続かなかったよ」

ウィンターリーグを過ごすうちに、いつしか西村も「マッシー」と呼ぶことが自然になっていた。

「ニシさんと一緒で僕も楽しかったです。それに、ニシさん以上に僕も鶴岡監督には感謝しています」

「マッシーは何も言うことないだろう。大リーガーになって、勝ち星まであげてしまったんだから。もう最高やないか」

本当に夢のような10ヶ月間だった。人との出会いにも恵まれていた。キャピー原田さん、佐伯さん、大坂さん、ストーンハイム会長、ワール監督、ウィリー・メイズはじめ多くのチームメイトたち……どれだけ多くの人たちがこの1年を支えてくれたことだろう。

「前にも言ったことがあるけれど、マッシーはアメリカで野球をやった方がいい。お前さんにはアメリカが合っているよ」

「……」

この1年近いアメリカ生活で、マッシーは自分でも少しそう感じていた。

「来年もやるんだろう、アメリカで？」

「できればそうしたいですね」

「やれば良いじゃん。俺は日本で頑張るよ。日本だとステテコ姿でも心斎橋を歩けるしな」

西村は愉快そうに笑って、ビールを飲み干した。

2

日本帰るのは10ヶ月振りだった。

ハワイを発った機内に有名女優が乗っていた。確かマッシーと同学年でハワイでの撮影を終えて帰国するところだという。同じ飛行機で帰国するのも何かの縁と生来のオープンな性格でサインをお願いすると、そっけなく断られた、「なんだ偉そうにして」とムッときた。

機が羽田に着くと、チーフパーサーがやってきて、最後に降りてください、と言われた。どうしてなのだろうと思ったが、スターだから女優一行を優先して下ろすのだ、と納得した。丸窓から機外を見ると、タラップの下に報道陣が大勢いて、カメラマンが整列している。

「さすがにスターは違うものだ」と感心した。

タラップの上で立ち止まった女優は、カメラの列に手を振りポーズを作った。

すると、カメラマンたちはフラッシュを焚くわけでなく、「早く降りろ！」と声を上げた。

彼らの目当ては女優ではなく、日本人初のメジャーリーガーだった。

パーサーに促されてマッシーがタラップに立つと、一斉にフラッシュが焚かれた。タラップを降りて待合室に向かうマッシーを大勢の報道陣が追いかけた。マッシーにとって、思いもよらぬ歓迎の出迎えだったが、あっけにとられてその光景を見ている女優たちを横目に、溜飲《りゅういん》が下がる思いだった。

空港内で取材を受けるとその日は都内のホテルに泊まり、翌日、アメリカから一緒だった原田と、山梨から出てきた父清も合流し、5人で大阪に向かった。大阪に着いても、報道陣が大勢待ち受けていた。どうやら、自分の契約問題をめぐり日米間で揉めているらしいことを、その時に初めて知った。

南海球団は村上雅則に本場の野球を学ばせるべく3カ月間〝野球留学〟でアメリカに送り込んだ。勿論この時は日本で勝ち星も上げていない19歳の選手がメジャーリーガーに昇格するなどいうことは想像の欠片《かけら》もない。ところがその思ってもいなかった欠片が起きてしまったことが厄介な事態を招いたのだ。

代理人の原田に相談し、南海も了解したというので2年目の契約書にサインをして帰国したのだ。勿論、それまでのアメリカ生活が快適で、アメリカでプレイし生活したいという気持ちが積極的にそうさせたことは否定できない。

アメリカの新聞が「南海ホークスの契約下にいた村上雅則をSFジャイアンツが南海から買い取ることに成功した」と報じたことで南海が事の重大さを初めて認識することになった。

「村上を送ったのは、あくまでも〝野球留学〟ということでSFジャイアンツ傘下のファーム球団であって、SFジャイアンツに譲渡したのではない」というのが南海の主張だった。するとジャイアンツは、「渡米してきた球団関係者に1万ドルのトレードマネーを渡してあり契約が成立している」と反論してきた。その1万ドルは実際に支払われていた。南海は、それはトレード・マネーということでなく一種の功労金と解釈して受け取った、と主張した。

鶴岡監督が優勝日本一のご褒美で欧州旅行中のこともあり、事態は水かけ論の様相を呈してきていて、円満な解決には向かいそうもなかった。この頃でもマッシーは、まだ実情を十分には把握できずにいた。それでも連日スポーツ紙だけでなく一般紙も扱う〝村上問題〟の記事を読んでいくうちにようやく問題の核心が見えてくるようになった。

一方で、両球団で交わした契約書が世間に明らかになると、新聞、雑誌の論調は次第に「南海ホークス不利」になっていった。受領した1万ドルを〝功労金〟としたのは南海側の勝手な解釈で、契約書によると明確な譲渡金（トレードマネー）だった。

南海不利という契約の情勢は、球団だけでなく、マッシーの両親にとってもとんでもないことだった。

「このままだと、野球をやる限りはアメリカにいなければならない」とか、「もう日本には帰れない」という無責任なことを言ってくる輩もいる。

だから清は、「もうアメリカに戻ってはいけない」と強く言うようになった。契約書が全てのアメリカ社会の球団を相手に、「アメリカに雅則を奪われてしまう」と真剣に心配した。球団側も、事態の深刻さが次第に分かってきた。契約書には、万一の際のマッシー譲渡のケースも当然記載されてあり、きちんと解釈し理解しておくべきだった、と今になって気づいたが時すでに遅しの感だ。

マッシーはあれだけ気丈な父が、憔悴しきっているのを目の当たりにし、球団内でも大騒ぎになっているのを見ていると、来季もアメリカのマウンドで投げる、という希望が次第に押しやられ、むしろこのまま日本に残るほうが誰にも迷惑もかけず親孝行にもなる、と考えるようになっていた。

その内、契約書の中の条文にマッシー渡米を防げる策がある、という人間が出てきた。最後の条文に、「選手が、ホームシックにかかり、米国におけるプレーならびに生活に支障をきたし、本人が帰国を申し出た場合も無条件に譲渡され、日本へ帰らせる」という文面があり、マッシーも、この条文を使って、南海球団が望む通りに従おうと思い始めていた。そうすれば鶴岡監督にも迷惑をかけないし、両親も安心するはずだ。

1月30日。中百舌鳥のグランドで練習を開始した。しかし始めてすぐに足がつってしまった。原因は練習不足とわかってはいるが、それにしても情けなかった。

初日の練習後、久しぶりの大阪で鶴岡が自宅に食事に招いてくれた。こういう時の監督の気遣いには頭が下がる。

帝塚山の鶴岡宅を訪ねると、今シーズンから東京オリオンズへのトレードが決まっている大沢啓二が来ていた。大沢はマッシーが入団した63年には中心選手として活躍していた。その風貌から強面の印象があるが、マッシーは世話好きで一本気な大沢のことが好きだった。

大沢が立教大学4年生の時に、それまで日本シリーズを制覇できなかった鶴岡監督から「南海ホークスは日本一になれない、そこで大沢くん、君と長嶋君、杉浦君の3人の力を欲しいのだ。どうかワシを男にしてくれないか」そう懇願され「オレを男にしてくれ」の言葉に感激して南海に入団を決意した。この経緯は、大沢の性格をよく物語っている。

南海に入団した大沢が長嶋、杉浦に話をすると、二人は南海入団を約束した。南海電車のターミナル駅前の難波球場に感銘を受けた長嶋は杉浦よりも積極的だった。その年、大沢は自分がプロ入りすると、二人に「栄養費」の名目で毎月2万円を渡し、二人の大学生活を支援した。

鶴岡は最初に会った時から、野球の才能はいうまでもないが、それ以上に天然、純朴な長嶋の性格と、聡明、生真面目な杉浦の性格に好感を抱いていた。

——兄貴肌の大沢の下、この二人が入団した南海ホークスは数年後には必ず黄金時代を迎えることができる。

と、確信していた。

ところが長嶋は4年生シーズンを終わると、巨人志望に一変する。面目を潰された大沢は長島を都内の寿司屋に呼びだし鶴岡と二人で本心を訊くことにした。

　すると当日、いきなり長嶋が「巨人に入団させてください」と涙を流さんばかりに訴えてきた。そんな長島に腹を立てた大沢は「馬鹿野郎、今更そんなことを言えた義理か！」と激怒した。大沢が二人に渡していた金も、それを知った鶴岡が「君がそこまでする必要はない」と密かに出しているものだった。そんな鶴岡の手前、大沢は丸切り面目がたたなかった。

　鶴岡にも長嶋の態度は想定外のものだった。

　しかし、長嶋がそう言い出すには余程の理由があるのだろう。そして、それは契約金がどうのとか待遇面がどうのとかいう問題ではなく、どうしようもない家庭の事情、或いは彼天性の動物的な感性がもたらせたものだと思った。懇願する長島の顔を見て、そういう長嶋を鶴岡は理解した。この男はこうして二人の前にいることさえ、針のむしろに違いない。しかし、それをこの男は逃げなかった。この男は必ず日本野球界を背負う選手になるはずだ。この男を広い心で野球界に受け入れてあげよう。

「大沢、もうええよ」と大沢を静止した鶴岡は、「長嶋君、縁がなかったな」と一言だけ言うと、長嶋の肩を軽く叩き、席を立った。

　大沢の鶴岡への私淑の念は一層深くなり、その忠誠心は生涯のものとなった。大沢は杉浦も翻意するのではと心配し、杉浦に会うが杉浦は「私がそう見えますか。私は約束した通りに南海ホークスに入団します」と答え、大沢を安心させた。

　入団4年後1959年にリーグ優勝し、過去4回対戦して1度も勝つことができなかった巨人軍との日本シリーズで杉浦の4連投4勝0敗で南海ホークを初の日本一に導いた時、涙の御堂筋パレードの中心にいる鶴岡の姿に、大沢は男の約束を果たすことができた、と感涙した。巨人相手の日本シリーズでの大沢の活躍は特にめざましく。滅多に選手を誉めない鶴岡が「大沢、本当によくやってくれた」と感謝の言葉を述べた。当時西鉄監督だった三原脩はシリーズ総括として「MVPの杉浦が自動車をもらうなら、大沢にも小型自動車をあげるべきだ」とコメントしている。

そんな大沢だから、マッシーは、

「今年は南海ホークスで頑張って鶴岡さんに恩返ししろ」

とでも言われるのだろう、と思っていたのだが、

「村上、お前アメリカに行け！」

といきなり言うので驚いた。

「今年から日本でプレーすることに決めて昨日、新山球団社長にもその旨報告しました」

と言うと、

「馬鹿だなあ。アメリカでやりゃあいいのに」

とまた言った。普段は酒を飲まない大沢が赤い顔をしているのが、いつもと違うな、と気になった。

「大沢、つまらんことを言うな」

と、鶴岡が叱ると、

「すみません」

と素直に頭を下げた。

実は、大沢はその年1965年も南海でプレーをすれば10年選手制度で在籍10年目のボーナスが支払われる年だった。南海は大沢へのボーナス支払いを避けるべく、1964年シーズン終了後に大沢に現役引退、スカウト転向を申し渡した。大沢はその球団姿勢に腹を立て、現役続行を主張し、対抗していた。

そんな時に東京オリオンズオーナーの永田雅一から「ウチにきて現役でプレイして欲しい。そして、引退後はコーチとして、南海魂を植え付け、チーム立て直しをしてほしい」と勧誘され、大沢はその永田の言葉に感激し、オリオンズへの移籍を決めた。いかにも大沢らしい話で、南海を去る大沢は鶴岡に挨拶の訪問をしているところだった。

「鶴岡さん、俺はね、10年目のボーナスが欲しいわけではないんですよ。そんなものよりも、そんなくだらんことで俺から野球を奪おうとする会社が許せんですよ」

「俺はわかっているよ。そんなこと」

大沢はそこで話をやめた。

マッシーはこの二人と過ごした夜の体験で、また何かを学んだ気がした。

マッシーは、翌日2月1日に 契約書にサインした。参稼報酬300万円。大リーグジャイアンツの契約に比べると遥かに低い金額だったが、マッシーはそれよりも鶴岡への恩返しが第一と思った。ただ、アメリカでプレイしたい気持ちを完全に捨て去ることはできず、まだ未練はあった。

南海との契約書にサインしたことを知って、大月の実家に原田から「二重契約で契約違反だ！」と立腹の電話が入った。恐らく原田から鶴岡にも電話があったのだろう、翌日練習後に監督が来て、

「お前、いつアメリカで契約書にサインしたんだ？」

と訊いてきた。

「サインはしたのですが、いつだったかはっきり覚えていないんですよ」

鶴岡はそれ以上尋ねなかった。

翌2月3日の節分の日。マッシーは辞書片手にジャイアンツのストーンハム会長に再渡米しない旨の手紙を書いた。

「南海ホークス、鶴岡監督には恩義があり、人の道をはずすことはできない」と本心を書きたかったが、それを書いても契約社会の米国人には通じないだろうと思った。

だから「長男は家を守らなくてはいけないので日本を離れるわけにはいかない」と日本の家族制度のことを書き、それに契約書に記されてあったホームシックのことを書き足した。楽しいだけだったアメリカ生活にはホームシックなど欠片もなかったが、ストーンハム会長とジャイアンツ球団を説得するにはそう書くことが必要だった。

ところが南海と契約したことで米国球界はますます激怒した。フィリック・コミッショナーから「日本側がこのまま強行するなら、米日球界の交流は断絶するだろう」と通告がきた。自分の行動が原因とは言え、マッシーは四面楚歌で宙ぶらりん状態だった。日米間でこの問題をきちんと解決しなければ、どちらの球界にも選手登録ができない。とりあえず南海のユニフォームを着て練習をしているが、南海の選手ではなかった。このままだと公式戦だけでなく、オープン戦にも出場することができない。

そういう状況下での春キャンプは、精神的にとても辛いものだった。

日米間の契約問題が連日報道され、マッシーは望まざるところで、常に〝渦中の選手〟だった。マッシーが移動すると、グランドの報道陣だけでなく、スタンドにいるファンも一緒にゾロゾロ移動して従いてきた。多くの報道陣、ファンに注視される中での練習は、普通は励みになるものだが、その時のマッシーには苦痛でしかなかった。それでも連日、投球練習に励み、１００本ノックを受けた。自分の肉体を痛めつけることだけが、気分を紛らわせ、なんとか気持ちを強く持ち続けられることだった。

しかし、3月に入り、体ができあがり、ピッチングも仕上がってくると、実戦で投げられないことに耐えられなくなってきた。精神的にも苦しさは増している。ブルペンで、シートバッティングで、投げることができても、実戦では投げられないのだ。今投げられなくてもいい。１ヶ月後でも2ヶ月後でも、３ヶ月後でもいい。公式戦は先のこととして、オープン戦の登板でもできるならばそれを目標として頑張れる。

内村コミッショナーの入院という不運も重なり、遅々として進まなかった日米間の話し合いが、病状回復した内村がフィリック・コミッショナーに返書を送ることで、一気に解決へと向かうことになった。

内村の提案は、1965年度1年間は米国でプレイし、1966年度からは日本球界に復帰する――というものだった。これはアメリカ側には大きな不満が残る提案だったが、内村の真摯で誠意ある長文の手紙がフィリック・コミッショナー初め、米国球界の合意を生み出すこととなった。

フィリックからの同意返書が届き、マッシーが晴れて大リーガーとしての2年目を迎えることになったのは、4月下旬ゴールデンウィーク直前のことだった。

3

【2013年7月15日】ニューヨーク
1931年に建築されたアール・デコ調の外観を誇るエジソンホテルは荘重で美しい。
「ここが『ゴッド・ファーザー』の撮影場所だったのですね」
マッシーがレストランを見回した。映画『ゴッド・ファーザー』で、コルレオーネ一家の殺し屋ルカ・ブラージが敵対する一家の陰謀で殺される場面はこのレストランをバー風に改造して撮影されたことで映画マニアに知られている。

ニューヨークを舞台にした映画は数えきれない。『ティファニーで朝食を』『ウエスト・サイド物語』『ニューヨーク・ニューヨーク』『真夜中のカーボーイ』『フレンチコネクション』……多くの名作があるし、撮影ゆかりのロケ地巡りツアーもある。エジソンホテルはその代表的なロケ地の1つだった。

「映画ってその時代を反映するものですが、私が渡米した1964年にベトナム戦争が始まりました。戦争はなかなか終わることがなく、その内各地で反戦運動が起こり、やがてそうした社会風潮を反映した映画が作られるようになりました」

同時代をアメリカで過ごした私にもその時代風潮はよく理解できる。

しかし、観光ビザで3か月の入国許可しかもらうことができずに入国した私は、野球留学という名目で渡米したマッシーとは異なり、どうやってアメリカ滞在を延長できるかで必死だった。

ボーディングハウス（下宿屋）に住み込みガーデナー（庭師）をし、ビーフジャーキーの製造工場で働き、農繁期にはアイダホの日系人農家に住み込み、りんごを捥ぎとり、トウモロコシを刈り取り、玉ねぎを満載した木箱をトラックに積み上げた。

「私がいたフレズノでもそうでしたが、あの時代、日系人の人たちって白人社会に負い目を持って生きているように見えましたよね」

「そうですよね。白人たちを上目遣いでみながら卑屈になって生きている感じでしたね」

私が収穫期に働いたのはフルーツランドという美しい名前の小さな田舎町だった。周辺には多くの日系人農家があった。彼らの中心は仏教会で、日曜日には多くの人々が教会に集まった。戦時中の強制収容所での閉じ込められた生活と戦後に解放されてからの冷たい視線と、何かに怯えるような生活。彼らは両親の祖国であり自身のルーツである日本に、自分達のアイデンティティーを求めていたのではないかと思う。それは、故国を離れた人々の中に根差し受け継がれてきた〝誇り〟の回復ではないだろうか。

坂本九の歌が全米チャート1位を獲得し、村上雅則が大リーグデビューしたのはそんな時だった。

アイダホで1日の農作業を終えて引き上げるトラクターの上で、大きな夕陽を背景に『上を向いて歩こう』を誇らしげに歌う日本人二世の表情を、私は今でもよく覚えている。

キャンドルスティック・パークのマウンドに立つ20歳の日本人投手は彼らの誇りに違いなかった。

マッシーには忘れられない出来事があった。

ジャイアンツでの2年目。ドジャーズスタジアムでのことだ。

リリーフ登板し、第1球を投げた。明らかに誰が見てもストライクの球だった。しかし、審判は「ボール」と判定した。第1球でもあったし、マッシーは3歩ほど前に出て審判に両手を広げて〝Why?〟と不満を示した。

すると審判は「xxxxxxxxx」と返してきた。何を言っているかはわからないが、「俺はちゃんと見ていた」「俺の判定に文句を言うな」的な類のものだろう。マッシーは不満を露わにすべくセンター方向を見てロージンバッグをポーンと放り投げた。当時のロージンバッグは穴が開いたアンダーストッキングに滑り止めの粉を詰めて結んだもので今のよりも大きかった。6・7メートルの高さには飛んだ。投球動作に戻ろうと振り返ると、アンパイヤがマウンド近くにきていてキャッチャーがその審判を必死になって抑えている。判定に不服を示し、しかも新人のくせに太々しいマッシーの態度に腹を立ててマウンドにまで向かってくるところだった。〝ましてあいつはジャップだ〟ということが加わってもおかしくない時代だ。

「あいつは日本から来た奴で、アメリカのこともよく分からない奴だから許してあげてくれ」とでも言ってキャッチャーのジャック・ハイアットが取りなしているようだった。

もう1つ何か続きがあれば間違いなく退場になっただろう。

その3日後に何度か行ったことがある日本食堂に入ると、マッシーを見つけた日系人の老人が駆け寄ってきた。

「ミスター・ムラカミ、ユーはよくやってくれたのう。ワシたちは太平洋戦争中に財産を没収され強制収容所に連れて行かれた。日本が戦争に負けた後は、アメリカ人が黒と言えば黒、白と言えば白で、白いものも黒と言わされた。だから彼らが言うことに〝No〟とは言えなかった」

その人は、日系1世の人だった。どこか出身県の訛りがある日本語だった。老人は3日前の試合をテレビの中継で見ていた、という。

「もう戦後20年が過ぎているというのにまだそういう空気が残っている。そのワシたちの胸のつかえをユーが取ってくれた」

そう言って何度も握手を求めてきては、マッシーの手を強く握った。

マッシーは自身がメジャー球場のマウンドに立つことが日系の人たちに勇気と元気を与えることに驚き、嬉しかった。


「俺たち世代って、敗戦後の大変な時期に育ったといわれるじゃないですか。でもこの頃ふと思うんですよ。もしかしたら、私たち世代の日本人が有史以来最も幸せを享受した人間ではないか、と」

それは、私も思っていることだった。70年間も戦争がない国で、運良くその時代に生まれ、育ち、しかもその間、日本社会は豊かに成長し続けていた。

「戦争を知らずに、兵隊に駆り出されることもなく、戦後の一時期に食糧不足だったとは言え、飢えに苦しむようなことはなかったですよね。普通に、いやむしろ今でも飢餓が至る所に存在することを考えると、贅沢な食生活だった、とさえ言っていいですよね」

オールスター戦前夜に開催された恒例のホームランダービーでは、オールスター本戦には出場しないアスレチックスのヨエニス・セスペデスが優勝した。セスペデスもアメリカに憧れて前年にキューバから亡命し、メジャーデビューしたばかりの選手だった。

Ⅷ章　シスコの空

1

アメリカ側との合意が成立し渡米したのは、ゴールデンウィークも終わりに近い5月4日、既にペナントレースは開幕していた。

日米間の問題は解決したが、いざ渡米となると今度は自分の中に不安がでてきた。南海ホークスの春季キャンプに参加して練習は十分にやっているし、シーズン開幕後もファームに合流して身体を動かし続けてきた。しかし、試合では1度も投げてはいない。更に、そういう技術的なことだけではなく、1年前の渡米時とは状況がまったく違う。

昨年のメジャーリーグデビュー、初勝利は、〝無知は怖いもの知らず〟の強みと、多分の幸運がもたらしてくれたものだった。1A球団から大抜擢の大リーグ昇格に端を発し、夢中で投げていたら、日本人のメジャー初勝利が転がり込んできただけだ。考えてみると、この半年間、練習は十分にしてはきたつもりだが、1度も実戦を経験していない。こんな状態で渡米して、メジャーのマウンドで投げられるのだろうか。

――そんなに甘いものではない。

自分の中で否定した。監督は、今のオレのピッチングを見たら「とても通用しない」と思うのではないか。そしてファームに落とされ、メジャーに復帰できないままシーズンを終えてしまうのではないか。そうなったら、騒動を起こした張本人は、恥ずかしくて日本に帰国することもできない。グランド外のことで、４ヶ月間も、新聞、週刊誌を賑わせてきた。アメリカのマウンドで結果をださないといい笑い者でしかない。

飛行機の中でうとうとはするが、ほとんど眠ることなく、ハワイ経由で早朝のシスコに着いた。日の出直後で、金門橋が朝日に輝いていた。シェラネバダ山脈の向こうには青空が見える。おとぎの国の光景は昨年と同じように、今年もマッシーを受け入れようとしてくれていた。


空港には、旧知の球団職員が迎えてくれた。

「よく帰ってきたね」

ハグし合った。

その日は試合がない日で、若手を中心に何人かの選手は球場で練習をしている、という。

一刻も早くボールを握りたかった。マウンドの土を踏みたかった。

ホテルに荷物を置くのももどかしく、グラブとスパイクだけをバッグに入れて球場にかけつけた。

球場に着くと、一目散にグランドに向かった。

「やあ、マッシー！」

球場スタッフ達が声をかけてくれる。

その一人一人にマッシーは
「久しぶり！」と答えた。

キャンドルスティック・パークで彼らと言葉を交わせることが嬉しかった。

ダッグアウトから見る球場の光景が新鮮だった。

懐かしいマウンドがあった。

「やあ、マッシー」

聞き覚えがある声に振り向くと、大きく両腕を広げているユニフォーム姿があった。去年の投手コーチで、今年監督に昇格したハーマン・フランクスがいた。

「やあ、ハーマン」

フランクスの腕がマッシーを包んだ。

胸にジーンとくるものがあった。

――帰ってきた。

言葉が出なかった。

フランクスはハグを解くと、マッシーの肩口を強く握り、そして指先で押した。肩から腕にかけての筋肉が反応して彼の指を弾き返した。

「ずっと準備はしていたんです」

返す言葉が少し震えていた。

——今、確認したよ。

フランクスは無言で頷いた。

「さあ、ユニフォームに着替えるんだ」

授業に遅刻してきた生徒を促すような口調で、半年ぶりに復帰する選手への言い方ではなかった。

マッシーは大きく頷き、ロッカールームに向かった。

既に選手達が出払ったロッカールームには、誰もいなかった。土の匂いと汗の匂い。バットの匂いもボールの匂いも……野球の匂いがあった。アメリカの匂いもあった。

マッシーのロッカーにはユニフォームが畳んで置かれてあり、その上にちょこんと帽子が乗っていた——『37』。

ユニフォームに急ぎ着替えると、グランドに向かった、寝不足も時差ボケもなく、長旅の疲れも感じない。

「やあ、マッシー、久しぶり!」

通路ですれ違いざまに誰かが声をかけた。

マッシー……名前を呼んだ。

——俺のことを覚えてくれている。

グランドに出ると、懐かしい顔がもっとあった。

「やあ、マッシー、元気だったか？」

「マッシー、今日の調子はどうだい？」

それは、6ヶ月離れていた知人への声かけではない。小旅行で2、3日不在だった仲間にでも話しかけているみたいだ。

4月12日に開幕したペナントレースは3週間を経過していた。首位は前年6位だったドジャーズで、コーファックス、ドライスデールという二人の左腕エースが好調の要因だった。モーリー・ウィルス、ジム・ギリアム、ウィリー・デービス、ジム・ラフィーバー、ウェス・パーカー……小粒な打線ながら、1番M・ウィルスはそれまで5年連続で盗塁王を獲得し、その年もその天性の駿足でチームを牽引していた。2番J・ギリアムは抜群の選球眼でシーズン90四球を5回、リーグ2位の盗塁数を記録している。この1、2番コンビが少ない得点を守り抜く当時の「ドジャース戦法」の機動力の中心だった。
4.5ゲーム差で首位を追走しているのがジャイアンツだった。
「マッシー、ドジャーズ戦は頼むぞ」

ピッチングコーチのラリー・ジャンセンがマッシーを迎えるなり言った。

前年のドジャーズ戦でマッシーが登板したのは敵地ドジャーススタジアムでの1試合だけだったが、2イニングを、被安打1、4奪三振で投球内容は完璧だった。

打線との相性がよく、殆ど打たれることがなかった。

ナインに温かく迎えられ、マッシーの不安はかなり薄らいだ。その日は夜8時にベッドに入ると翌朝10時まで1度も目覚めることなく眠った。そのおかげで、時差ボケもひと晩で完全解消すると、翌日から復帰に向けての練習を開始した。

日本で体づくりはやっていたし、ピッチング練習もやっていた。1週間もすると、アメリカでの生活リズムに戻っていた。

チームに合流5日後の5月9日、晴れてジャイアンツに復帰すると、その日にシーズン2年目のメジャー登板がやってきた。本拠地キャンドルスティック球場の対ドジャース戦、ジャイアンツが6対3でリードしている。8回1死走者1―3塁だった。最初の打者、ジョン・ローズボロ捕手にいきなり死球を与え満塁にしてしまうが、次打者ジム・ルフェーブル2塁手を三振に仕留める、ファン・マリシャルと交代した。その後、マリシャルが試合をしめくくり、チームは6対3で勝利を収めた。

いきなりの死球は、7ヶ月ぶりのメジャーのマウンドという緊張感があったのだろう。

このドジャース戦を皮切りに、中継ぎ投手として、マッシーは貴重な役割を果たしていく。

投球パターンは昨年と同じだった、直球で胸元をつき体を起こさせてからカーブ、スクリューボールを低めに決める。多くの大リーグ投手が直球を投げたくなる投手に不利な2―0、3―0、2―1、3―1のカウントでも変化球で攻める。

その後、21度の登板を挟み、シーズン初勝利は初登板から47日後の6月27日、対フィリーズ戦だった。

スコアは4対5、1点リードされている8回表の登板だった。2アウト後にヒットを打たれたが後続打者を三振で切り抜けた。すると、その裏に4球で始まる2本のヒットの攻撃で1点を獲得し同点に追い付いた。9回表は最初に四球の走者を一人だけ出したが後続を3者凡退に打ち取り、9回裏に味方ナインが2本の長打で1点を獲得、サヨナラ勝ちにつながった。

7月末のレッズ戦でも同じ4対5の場面でエース、マリシャルのあとを受けて9回に登板した。マッシーが3人でピシャリと抑えると、9回裏に味方が同点に追いつき、延長戦の末11回にサヨナラ勝ちし、2勝目をあげた。米国メジャーリーグを代表する二人の投手の後を受けての勝利投手になった。

再始動は遅れたが、2年目も快調にアメリカ生活が動き始めていた。渡米前のあの不安はなんだったのだろう?と思った

球場外の生活は、昨年ホテル住まいを始めてからお世話になっている佐伯夫人の妹、大坂さんにお願いしている。ロッキード社に勤務する大坂さんは、シスコの南70キロのサンタクララに住み、休日には洗濯食事をしていただき、ショッピングにも連れていってもらった。

私生活だけでなく、野球をするのにも最高の環境の中にいた、とマッシーは思う。特筆するのは、素晴らしいチームメイトたちに恵まれていたことだ。

今でも思い出すと笑ってしまうエピソードがある。

大リーグに復帰した年の2勝目をあげた直後だった。マッシーはブルペンでウォーミング

アップをしていた。捕手のジャック・ハイアットはマッシーよりも2歳年上だが、マッシーと同じ前年にLAエンジェルズでMLBデビューし、今年ジャイアンツに移籍してきた。マッシーのデビューが9月1日で、ハイアットが9月7日と1週間違いで、年齢も近いことから、何かにつけてよく話をした。

その日もマッシーの出番がありそうな気配だった。肩が温まってきたので一息ついた時、「マッシー、いいことを教えてあげよう」とハイアットが微笑しながら話しかけてきた。

「投手交代の時に監督が必ずマウンドに来るだろう。その時にこう言うといい、〝ハーマン・テイク・ア・ハイク〟」

意味はわからないが、彼が言うことだから、監督が喜ぶことなのだろう。

「ハーマン・テイク・ア・ハイク」

マッシーが復唱すると、

「OK。ベリーグッドだ」

とニヤニヤしながら言った。

マッシーの出番がやってきた。マウンドに内野手が集まり、監督のハーマン・フランクスと捕手のトム・ハラーが小走りにやってきた。何か言おうとする監督に、マッシーは先刻ハイアットから言われたことを言った。

「ハーマン・テイク・ア・ハイク」

フランクス監督はキョトンとして、捕手のハーラーの顔を見た。

「マッシー、今なんと言った？」

「ハーマン・テイク・ア・ハイク」

マッシーは素直に繰り返した。

と、監督は突然怒りだし、捕手のハラーは呆れ顔で苦笑した。マウンド近くに集まっていた内野陣は皆、大笑いをしている。マッシーは、一体どうなっているのだろう、と思った。

後で分かったことだが、「テイク・ア・ハイク」とは「あっちへ行け」ということで、つまり、アドバイスしようと駆け寄ってきた監督を、「あっちへ行け」と追い返してしまったのだ。ハイアットの悪戯いたずらにマッシーが引っかかってしまったというのが真相だった。

すぐにそれがハイアットの悪戯と分かった監督は、ベンチで、「マッシーのヤツ、俺に〝あっちに行け〟って言いやがった」と自分も皆と一緒に大笑いをした。

そのことを知ったテレビ中継のアナウンサーもその出来事を実況中に紹介し、視聴者を笑わせた。翌朝の新聞もトップで「テイク・ア・ハイクのマッシー」を報じ、ハイアットの悪戯は、マッシーを「テイク・ア・ハイクのマッシー」として一躍有名にすることになった。マッシーはこのカリフォルニア出身でヤンキー気質のハイアットの友情ある悪戯に今でも感謝している。

2

メジャーリーガーとしての2年目。チーム内だけでなく、大勢のメジャーリーガーたちと交流できたのも貴重な体験だった。

ミズリー州・セントルイスで、あるパーティーに呼ばれていくと、首位打者7回、打点王2回、オールスターゲーム選出20回のスタン・ミュージアルがいた。マッシー渡米の前年１９６３年のシーズンを最後に引退して、カージナルス球団副社長に就任していた。６年前にカージナルスが日米野球で来日した時に、４週間の長期滞在をするうちに大の日本贔屓になっていて、日本からきた若い大リーガーを歓迎してくれた。

「日本から来た選手というから、ぜひ会いたいと思っていたんだ。もっとベテランの投手かと思っていたら、こんな若者なのか。素晴らしいことだよ」

そして、マッシーと片言の英語で日米野球談義になった。

１９５８年の日米野球では15試合して、米国の13勝２敗。日本の２勝は球界を代表する投手稲尾和久と杉浦忠によるものだった。

「稲尾、杉浦はいい投手だったね。稲尾の球は独特のくせがあって、直球、シュート、スライダー……なかなか打てなかった。アメリカには杉浦みたいな下手投げピッチャーがいないからみんな打ちあぐねていたよ、スピードもあったし、カーブも大きく曲がった」

そう言うミュージアルは、来日中に２本のホームランを打っているがその２本は、稲尾と杉浦からだった。

「ところで、中西、長嶋はどうしている?」

ミュージアルが訊いてきた。

そのシリーズで、長嶋茂雄は2本、中西太は3本のホムランを打っている。

「彼らはメジャーでプレイさせたい選手だった」

とも話した。

来日中の思い出話がひと段落すると。

「アメリカでは楽しくやれているか？」

と訊ねてきた。

「楽しんでいます。とてもハッピーです」

と、答えると
「それは良かった、アメリカの野球とアメリカの生活を楽しみなさい」

と言い、握手をしてくれた。

片言の英語のやりとりだが、優しい人柄が伝わってきた。現役生活の全てをカージナルスで送り、"The Man（男の中の男）"という愛称で呼ばれるだけの人格者だということがよく解った。大リーガーは記録だけなく人格者でもあらねばならない、ということを、身をもって教えている人物だった。


チームメイトだったウィリー・メイズにもミュージアルと同様のことが言える。メイズの場合には、マッシーが野球人としての凄さを目の前で何度も見ているだけに、その印象は強烈で、より説得力がある。攻守走、三拍子揃った野手というのはまさに彼のことをいうのではないか。彼以上の選手にその後の野球人生で出会ったことがない。

バッティングは何度も見ていたが、噂に聞く人間離れしたフィールディングを初めて見た時には、息を飲んだ。

フィラデルフィアのベテランズ・スタジアム（現シチズンズ・バンク・パーク）でのフィリーズ戦だった。センターが深い球場で、普通の球場のバックスクリーンよりも20～30メートル深く、本塁ベースからは140～150メートル以上ある。そこにフィリーズの打者が打った大飛球が右中間に飛んだ。

ブルペンで投球練習をしていたマッシーは手を止めて打球の行方を見送った。打球の行方というよりも、メイズの動きを追っていた。打球はグングン伸びる。メイズはというと打球を見ながら、ひたすら背走している。外野フェンスが近づいてくるがまったく気にしていないように見える。外野フェンスに衝突すると思われた直前で、手を伸ばして打球をつかむとグラブを上げたまま直角のフェンスを駆け上がっていく。それはまるで、忍者のような技だった。そのままもんどり打って地上に倒れ込むと、くるりと一回転し、起き上がるや否や、塁上の走者を刺すべく矢のような返球をした。まさにそれは今でいうレーザービームだ。

地上で一回転してからの動きの速さにはそれまでにもあっけにとられたことが何度もあった、くるり一回転し、起き上がった時にはもう球は手から離れて、目指す内野手のグラブに正確に向かっている。背走し続けて後ろ向きに大飛球を捕ったこの時もそうだった。振り返った時にはもう投げていた。走者が走る速度と位置、内野手の位置、そして自分の投球速度……全てを把握していないとできないことで、それも瞬時の判断と鋭敏な勘が要求される。打球を負いながら走者の動きも目で追いかけ、捕った瞬間にどこに投げるかを考えている。他の外野手にはできない芸当だった。

後年球界を退いたマッシーは二度と見ることはできないだろうと思っていたメイズの忍者のような守備・走塁とレーザービームを、この36年後に見ることになる。それは、シアトル・マリナーズからデビューするイチローで、彼は２００１年に日本人初の野手大リーガーとしてデビューすると、レーザービームを披露しながらこの年に首位打者、新人王を獲得した。

メイズは、打者が代わる度にセンターの守備位置を変えた、そして自分だけなく右翼手にも左翼手にも指示をだした。それは驚くほど的中した。

守備が終わり攻撃になっても次の回に自分の打席が回ってこないと思う時には、ベンチに帰らずに、マッシーたち投手陣が投げているブルペンの片隅に座り、試合を見ていた。休んでいるのではなく、試合を観察して何かを吸収しようとしているのが伺えた。

メイズはプレーだけなく、人格的にも非の打ちどころがない選手だった。特に異邦人のマッシーに対してのさりげない気遣いには恐れ入ることが何度もあった。

大リーガーとして成功している選手には大きく２つのタイプがある。ひとつは、前述のミュージアルやメイズのようにかなりの人格者タイプ。もうひとつは自分の力と存在をアピールしてのし上がってくるタイプだ。

ＭＬＢ最多試合出場、通算最多安打、２００安打シーズン最多回数などの記録を保持し、〝ハッスル〟という愛称を持つピート・ローズは間違いなく後者だった。走塁時の闘志溢れるヘッドスライディングが代名詞でその愛称通りの全力プレーで人気があった。

ローズに会ったのは彼が新人王になってから3年目、シンシナティ・レッズの本拠地リバーフロート・スタジアムだった。試合前のジャイアンツ軍の練習が終わり、ボールを拾いながら引き上げて2塁ベース付近にきた時、

「やあ、マッシー」

と声をかけられた。マッシーがメジャー昇格した頃から彼のハッスルプレーは有名で、１度は会いたいと思っている選手だった。

——何事だろう、それにしても自分のことを知っているとは光栄だ。

そう思って彼がいる2塁ベース近くに歩み寄った。

当時の選手にはまだ少なかった長髪スタイルで、身長はマッシーよりも２、３センチ低いが筋骨隆々としたプロレスラーのような体格をしていた。

「日本からきた投手というのはお前か」

とマッシーを見据えて言った。

マッシーは、選手としての実績以上に、日本人初の大リーガーということで選手間ではその存在を知られていた。

ローズの人を見下すような物言いに、少しむっときて、

「そうだ、オレがマッシーだ」

言い返すと、

「オレがローズだ」

と更に高圧的にいうので、思わず、

「オレがマッシーだ」

と対抗するように、また名乗った。

「オレがローズだ」と三度言った後で、「新人王になったピート・ローズとは俺サマのことだ。この腕を見てみろ」

と自慢げに太い腕を見せた。

普通の大人の脚のふくらはぎくらいの太さがあり、その筋肉の盛り上がりは肩まで続いていた。胸板も厚く、筋骨隆々としている。

「野球とは、こういう身体でやるスポーツなんだ」

身長はローズよりも少しだけ高いが、細いマッシーの体格を揶揄するような言い方だ。

「いいか、マッシー、覚えておけ、これからオレの時代が来るからな」

明らかに、これから対戦することもあるマッシーを威圧している。

その言葉どおり、ローズはそのシーズン200安打を超える最多安打を放ち、生涯で3度の首位打者と1度のMVPの栄誉に輝き、歴代1位の通算安打4256本も記録する。

しかし、1989年、野球賭博に関わっていたことが発覚し、球界永久追放となってしまった。

もう一人、意識を強烈に教えられたのが、ロベルト・クレメンテだった。

ピッツバーグ・パイレーツの本拠地スリーバーズ・スタジアムは両チームのロッカーが離れていないで並んでいる珍しい球場だった。試合前の練習の後、ロッカールームの外で上着を脱ぎバスタオル1枚で涼んでいると、「おい、マッシー」と声をかけてきた選手がいた。ローズに似た居丈高な物言いに、マッシーが「お前は誰だ？」

と訊くと「俺はロベルト・クレメンテだ」と、俺のことを知らないのか、と言わんばかりの答えが返ってきた。

会うのは初めてだったが、もちろん前年に2度目の首位打者に輝きその年も3度目の首位打者に向かって好調な打撃のクレメンテの名前は知っていた。その大スターからの声かけが嬉しいと同時に緊張した。

と、いきなり
「お前は、メイズを凄い打者と思っているか？」

聞いてきた。

ウィリー・メイズはそれまでに、首位打者1回、本塁打王3回なっているがそれだけでなく盗塁王にも4回輝いている。その俊足を生かした守備で8年連続ゴールデン・グラブ賞も受賞していた。

「もちろん、そう思っている。打撃だけでなく、守備も走塁もすごい。あれだけ、レベルの高い攻守走三拍子揃った選手は他にはいない。メイズは日本でも有名なんだ」

と少しだけ誇張して答えた。

すると、

「オレのことはどう思っている?」

と聞いてきた。

昨年は、首位打者クレメンテ、本塁打王メイズで文字通り球界を代表する二人だ。クレメンテは、メイズに対してかなりのライバル意識があるようだった。彼の意図が読めるだけに、とっさにそう言われても、なんと答えていいものか戸惑った。

「素晴らしい選手だ」

というと、クレメンテはその答え方が気に入らないらしく一気に捲し立てた。

「メイズは34歳で、オレは31歳。オレはメイズよりも3歳若い。今のオレは、彼よりも多くのヒットを打ち、走るのも彼より速い。肩だって彼よりもオレの方が強い。オレのプレイを見ればそれがわかるだろう? だからリーグNo.1プレイヤーはオレだ」

とライバルむき出し発言になった。

しかし、前年の数字を見ると、安打数と打率はクレメンテの211本、0・339に対して171安打、0・296のメイズは劣るが、本塁打数 449対1本、盗塁数19対5と大差があり、打点にも111対87と差がある。明らかにメイズのほうに軍配があがる。

それでも、クレメンテの自慢話は延々と続き、その自己顕示欲の強さ、プライドの高さを知った。謙譲の美徳などという日本人の心情は通じない。しかし、多民族の混在で形成されているアメリカ社会ではそうすることが生存につながるのだ、とつくづく思い知らされた。特に、クレメンテのようなキューバ出身のマイノリティはそういう意識を強く持たないと、生き残れないのだろう。実際、彼は生涯で4度の首位打者に輝き、メイズと並ぶ12回のゴールデングラブ賞に選出され、シーズンMVPにも、ワールドシリーズMVPにも選ばれ、メイズと共に大リーグ史上最高の外野手の評価を得ている。

ロッカールームでの自慢話の後、

「実は、もうすぐ子供が生まれるんだ」

と嬉しそうに言い、クシャクシャの笑顔になった。

「それは、おめでとう」

「ありがとう。男の子なら野球選手にするんだ」

1分前に野球自慢をしていた高慢チキな人物の面影はなく、まったく別人のクレメンテがそこにいた。

――この人はきっと、とてもいい人に違いない。

マッシーは思った。

〝Nice meeting！（じゃあな）〟

と、背中を向けたクレメンテは、もう1度振り返り言った。

「お前も大きくなった社会貢献活動をやってくれ」

「わかった、やるよ」

マッシーは頷いた。

後でチームメイトから、彼がシーズンオフには故国キューバだけでなく、プエルトリコやラテン・アメリカ諸国に野球用具や食料を送り続ける慈善活動を何年も続けていることを知らされた。

「男の子なら野球選手に」と言った時の笑顔。

「大きくなったら社会活動を」と振り返った優しい顔。

マッシーにとってクレメンテは忘れられない野球人になった。

7年後の1972年。

クレメンテは、大地震の被災者への援助物資を提供するべくニカラグアに向かったチャーター便の航空事故に巻き込まれ、カリブ海に墜落した飛行機の中で不慮の死を遂げてしまう。1955年から1972年までの18年間をピッツバーグ・パイレーツ一筋で活躍した愛すべきメジャーリーガーはまだ38歳の若さだった。

この事故を受けて、メジャーリーグ機構は前年に創設した慈善活動、社会活動に貢献した選手に贈る『コミッショナー賞』の名称を『ロベルト・クレメンテ賞』に改称しクレメンテの栄誉を讃えた。

現在でもこの賞は、「MVP以上の価値がある」とも言われるほどアメリカ球界で最も名誉ある賞になっている。

3

マッシーが特に嬉しかったのは、日系の人たちが自分の活躍を喜んでくれることだった。地元サンフランシスコでは街中でマッシーを見かけると皆が声をかけてくるし、彼らの集まりに招待してくれた。しかし、野球に取り組むことに精一杯で、そう言う招待を受けている余裕はなかった。

マッシーの活躍はアメリカの日系人社会を活気づかせる出来事になっていることを認識した球団は、公式戦の1日を『ムラカミ・デー』というメモリアル・デーにすることを決めた。これは、マッシーにとって思いがけない栄誉だった。

そして、サンフランシスコ在住の日本人、日系人は皆喜んでくれた。特に一世の日本人は喜んだ。日本領事館の人たちは、3年前堀江謙一が小型ヨットで単独で太平洋を渡りサンフランシスコに到着して以来の快挙だ、と讃えてくれた。

「ムラカミ・デー」は図らずも日本の終戦記念日の8月15日、対フィリーズ戦になり、初めての先発登板だった。自身の名前を冠されることは光栄ではあるが、さすがに緊張もした。

1回の3人目から3回の1人まで5者連続三振と調子は悪くなかったが、良かっただけに意気込みすぎたのだろうか、3回1アウトから打ち込まれた。ちょっと気を抜くとそこを逃さない。大リーガーのすごいところだ。

しかし、記念日にマッシーを敗戦投手にするわけにはいかない、とナインは奮起して逆転してくれた。

試合後フランクス監督は、

「我々がムラカミ・デーとマッシーの先発を予告していたから、絶好調のフィリーズ打線は右打者をずらりと並べてきた。緊張もあったろうし、彼には気の毒なことをした」

とコメントし。マッシーを庇った。


マッシーは自軍だけでなく、他チームの選手からも愛されて迎えられた。日本人初のメジャーリーガーという珍しさから対戦チームの選手たちから話しかけられることも多く、ローズ、クレメンテもそういうケースだった。

一方、自分から彼らの中に飛び込んで行くことも多かった。相手チームのロッカー・ルームにずかずかと入って行く選手はいなかったが、マッシーは気にせずに入って行った。彼らもそれを許してくれた。図々しい振る舞いもあったのだろうが、20歳という若さと、日本からきた初の野球選手ということで許されていたのだ。

また朝鮮戦争、ベトナム戦争の兵役で日本滞在経験があるコーチ、選手もいて、彼らは総じて日本に関して好感をもっていた。悪感情を抱いているのは年長の人に多く、それは「リメンバー、パール・ハーバー」への恨みを持つか、その教育を受けた世代のアメリカ人だった。

ライバルのドジャーズ選手たちとは特に仲が良かった。ジャイアンツのロッカーと同じようにずかずかと入っていっても、「マッシーなら仕方ない」という空気があり、「よく来たな」という雰囲気があった。

マッシーは有名選手と会うと、日本から持って行った色紙にサインをお願いした。彼らはそれを快く受けてくれて、嫌な顔をされたり、断られたりすることは1度もなかった。生来の人懐こさと物おじしない性格が彼らがマッシーを受け入れる要因になっていた。

マッシーは大リーグ2年目のシーズンを、4勝1敗8セーブで終えた。89・1回の投球回数で、100奪三振だった。

アメリカで野球を続けたい気持ちがないと言えば嘘になるが、2年間のアメリカ生活を十分に楽しんだ。悔いはなかった。

4

【2013年7月16日】　ニューヨーク

オールスターゲームは3対0でアメリカン・リーグが勝利した。MVPには3点リードの8回裏から登板し、1回を三者凡退に抑えたNYヤンキースのマリアノ・リベラが選ばれ、マッシーが「これからの大リーグを牽引する選手」と評したM・トラウトは打者で先発出場し1

安打を放った。監督推薦で選出されたダルビッシュ有と岩隈久志に出場の機会はなかった。

＊

バスがホテルに着いたのは11時近くになっていた。

大みそかに『蛍の光』を歌うニューヨークの伝統は、このルーズベルト・ホテルが発祥で、1929年にガイ・ロンバード楽団がラジオ放送向けの演奏をしたのが始まりだった。

ちょうど手頃な空席をコーナーに見つけ、私たちはラウンジに腰を下ろした。

ウエイトレスを呼ぶと、マッシーはスコッチ&ウォーターを注文し、私も同じものにした。

「セイム」

私が意識して言うと、

「昔、僕が言ったセリフじゃない」

と、笑った。

忙しい毎日だったが、充実した1週間だった。マッシーは明日朝9時の便でサンフランシスコに向けて発つと言う。

「随分早いですね」

「この便だとSF着が12時過ぎで、ランディングの時に上空から見下ろす金門橋とサンフランシスコ湾と街の景観が最高に美しいのです」

「おとぎの国が見下ろせる、というわけだ」

「でも、朝7時にはホテルを出なければならない」

「機内で眠ればいい」

「そう、飛行時間が6時間以上あるから……明後日ですか？」

「ええ、せっかくニューヨークに来たので、千里さんと会ってから帰ります」

「大江千里さんも活躍していますね」

「昨年こちらでもジャズピアニストとしてデビューしましたから」

大江千里がジャズを学ぶべく、日本での活動を休止しニューヨークに移住したのは2008年、5年前のことだ。「ジャズ転向は十代からの憧れだった」という日本のトップアーティストは、47歳の時に若い頃からの夢を実現するべくアメリカに渡った。それ以来、ニューヨークに来る度に、ミュージシャンとしてだけでなく、一人の人間として成長していく彼と出会うことを楽しみにしてきたが、今回は2年ぶりの再会になる。

ラウンジには夜を楽しむ客たちがまだ大勢いた。

「もう1ドリンクいきましょうか」

マッシーが、ウェイトレスにスコッチ&ウォーターを追加した。

「セイム、ですか？」

微笑って尋ねるマッシーに、

「そうですね。最後の夜ですものね」

私も微笑って応えた。

「『大いなる岩の顔（The Great Stone Face）』って知っていますか？」

追加の酒がきたところで、マッシーが唐突に訊いてきた。

「ホーソンですよね？」

「そうです」

アメリカの片田舎の村に、老人の顔をした自然に形作られた岩崖があった。いつか村の出身者があの岩の顔をした老人になり帰ってくる。その老人は村の人々に大きな幸せを運んできてくれる人だ。そういう話が村で長い間言い伝えられてきた。少年アーネストは幼い頃からその巨岩顔の人物が村に現れる日を一日千秋の思いで待っていた。しかし、いつまで経ってもその巨岩顔の人物は現れなかった。やがて少年は青年になり、大人なり、そして老人になっていった。そんなある日、村人たちが少年の顔に目を見張るようになった。その少年の顔こそがまさしく巨岩顔の顔になっていた。――ナサニエル・ホーソンの短編小説がある。

「中学生の時にその話を知りましてね」

「僕もそうです。英語の副読本にありました」

「あの話に出てくる巨岩壁って、ボストンからは車で2時間のところにあるんですよ。それを知り、遠征でボストンに行く時に行ってみたいと思ったんです。でもリーグが違うので試合がないんですよ。だから行けていません」

ボストン本拠地のレッドソックスはアメリカン・リーグで、ＳＦジャイアンツはナショナル・リーグだった。当時はリーグを越えた交流試合はなかった。

「僕は初めてアメリカに来て、サウスダコタの国立公園に行った時に、改めてその話を聞いたことがありました」

サウスダコダ州南西部ラシュモア山に４人の大統領の巨大な彫刻が露頭に彫られている。そこで出会った米国東部ニューハンプシャー州から来た老人夫婦からその寓話を聞かされた。

「この巨岩彫刻の発端は私たちが住んでいる街の寓話にあるんです」

老夫婦は持参している絵葉書を見せながら語ってくれたそれが、中学生の時に副読本で読んだ〝The Great Stone Face〟の物語だった。そして、ニューハンプシャー州のオールドマンオブザマウンテンにある老人の顔をした巨岩壁がある彼らが育った村が寓話の舞台だった。

「今回も気になっていたのですがね」

「僕も見たいとは思うけど、わざわざその老人岩を見にいくのはねえ」

「でも、好きなんですよ、その話」

「僕も好きですよ」

「ああいう人たちが住む村というか国、いいですよね」

〝The Great Stone Face〟の物語が好き、と語るマッシーが私は好きだった。

――ニューヨークでの最後の夜にとても良い話ができた。

私は思った。

5

南海ホークスへの復帰を決めたマッシーは、法政二高時代から何かとお世話になっていた鶴岡監督の親友西野譲介さんを訪ねた。激励を受けての食事の後に行ったスナックで、「何か歌え」と言われて、マイクを持って歌ったのは『思い出のサンフランシスコ』だった。歌っているマッシーの脳裏に、この2年間の出来事が走馬灯のように流れた。

おとぎの国のゲートのようだった金門橋。

ハドソン川に浮かんでしまう、と途方に暮れたNYのホテル。

カクテル光線に目が眩んだメジャー初登板の憧れのマウンド。

キャンドルスティック・パークで開催されたマッシー・デイ。

握手を求めて来る日系移民たちのふしくれだった手。

「ハーマン、テイク、ア、ハイク!」と言った時のナインの爆笑。

黒人初の大リーガー、ジャッキー・ロビンソンの激励。

「大きくなったら社会貢献をやってくれ」と言ったクレメンテ。

――。

マッシーの目に思わず涙が浮かび、しずくが頬を伝わって来た。瞼を拭うが、涙を抑えることができない。1番を歌うと喉がつまって声がでなかった。

モニター画面にはシスコの映像が流れ、店内では演奏だけが流れている。みっともない、と思いながらも涙は止まらない。

「お前、そんなにアメリカに行きたいのか？」

西野が訊いてきた。

「でも、行きません」

頷きながら、嗚咽混じりにマッシーは言った。

「そんなに行きたいのなら、今年も行かせてもらうように俺が鶴岡さんに頼んであげてもいい」

西野の言葉が嬉しかった。しかし、もう一方で、西野にそう言わせてしまう自分が恥ずかしくもあった。

「私は、人を裏切ることはできません。まして、鶴岡監督は特別な人です。今年から日本で、南海ホークスでプレイします」

頬の涙を拭い、マッシーは言った。


日本球界に復帰したマッシーは南海ホークスで9年間プレイし、3年目には18勝4敗で勝率1位投手になった。

1年間の阪神タイガース在籍を経て、日本ハムファイターズに移籍し7年間の現役生活を送る。その間に1977年、1978年は2年続けてリーグ最多登板を記録した。

＊

1982年、日本ハムでの7年間の現役生活を終えたマッシーには、長年密かに思い続けてきた夢があった。それは再び、憧れのメジャーのマウンドに立つことだった。38歳になり、メジャーデビューしてから18年経っているが、その後日本人メジャーリーガーは一人も誕生していない。

メジャーリーグへの再挑戦、スプリングキャンプへの参加をジャイアンツ球団は快く承諾してくれた。

バッテリーを組んでいたトム・ハラーが、ジャイアンツでコーチを務めた後にGMに就任していた。17年振りに球団事務所を訪れたマッシーがGM室のドアを開けると、トムが笑顔で迎えてくれた。イリノイ大学時代にアメリカンフットボールでもスタープレイヤーだった男は、上品なエグゼクティブなっていた。

「ハーイ、トム」

マッシーが手を小さく上げると、彼は珍客を指差して言った。

「マッシー、テイク・ア・ハイク」

一瞬で、17年間の空白の時間が消えていた。

彼がマッシーの希望を受け入れ、スプリングキャンプ参加の機会を与えてくれたのだった。

「できることなら、俺がまたマッシーの球を受けたいよ」

友情溢れるエールだった。

マッシーは子供の頃を過ごした我が家に帰った気持ちになり、ロッカーで「GIANTS」のユニフォームに着替えた。グランドに出ても、知る選手は誰一人いない。しかし、懐かしい外野フィールドを走っていると、18年前の青春が戻ってくる気がする。

軽いランニングでひと汗掻いてからマウンドに向かった。20歳の時に初めて立った憧れのマウンド。

セットポジションを取って、大きく深呼吸してから見上げると、青空がどこまでも続いている。

――あの頃と同じ空の色だ。

マッシーは思った。

終章

【2023年3月23日】　東京

マッシーと会うのは半年ぶりだった。

「今年になって1度も会っていないよね?」

そう連絡があったのが1週間前の3月16日、WBCで、侍ジャパンがイタリアチームに9対3で大勝し、準決勝への進出を決めた夜だった。

「今、勝田さんと一緒なんだけど、WBCが終わった頃に3人で1杯やろう、ということになりましてね」

東京ドームでイタリア戦を観戦していたマッシーからの試合直後の電話だった。勝田忠緒氏はマッシーのゴルフコンペで知り合った共通の友人で、都心にいくつかのビルを所有し不動産会社を経営している。

あいにく雨模様の当日、指定された目黒の寿司店に行くと、マッシーは既に到着していた。

1分も経たないうちに勝田氏もやってきた。

「マッシー、やっぱり私が言った通り日本が優勝したでしょう」

席に着くなり勝田さんが得意気に言った。

その日の私たちの会合は、東京ドームでイタリア戦を観戦した勝田さんが、

「必ず日本が優勝するから、増田さんも誘い3人でその祝杯をあげよう」

と提案したということだった。

勝田さんの予想通り日本が米国を降し、3大会ぶり3度目の優勝を果たしたのは昨日のことだった。

店には4人分の席が用意されていた。

――誰か他に来るのだろうか？

そう思っている私の疑問を、

「少し遅れでもう一人来るから」

と、マッシーが解いてくれた。

「サミーは遅れるって？」

「今、羽田なんだって」

「あ、そうか」

二人には共通の知り合いのようだった。

誰が来るのだろう？　と一瞬思ったが、特別尋ねることはしなかった。

生ビールで乾杯すると、帽子を飛ばして激走した大谷翔平の2塁打に始まり、吉田の4球、

周東の代走、村上の逆転2塁打という準決勝の対キューバ戦の話題から始まり、いきなりのWBC談義で座が盛り上がった。日本が3対2と1点リードの9回裏に登板した大谷が迎えた最後の打者がトラウト、という決勝戦の劇的な展開を誰が予想しただろうか。しかもそれは昨日の出来事で、今夜侍ジャパンの一行はちょうど今頃日本に帰国している頃だった。

こうした話題になると、日本人メジャーリーガー第1号というレジェンドが、一野球ファンになり、はしゃいでいるのが可笑しくもあり、楽しかった。

そんな盛り上がりの中、20分ほどして一人の女性が現れた。

「ご紹介しますね。㈱メジャーリーグジャパンの川上さんです」

マッシーが紹介してくれて、名詞を受け取った。

どこかで会ったことがあるような気がする女性だった。

「サミー、よかったね優勝して」

マッシーと勝田さんは口々に女性に祝福の言葉を投げている。

――そうか、メジャーリーグジャパンに勤務している女性なんだ。

そう思いながら受け取った名刺を見ると、代表・川上沙実とあった。

「川上さん、侍ジャパンは今夜帰国のはずですよね？」

メジャーリーグジャパンの代表者がチーム帰国の夜にこの場にいることが疑問で思わず尋ねた。

「ええ、お約束の時間がチームの帰国と重なってしまい……」

「今ここに来ていていいのですか？」

「いつもは海外に同行していたのですが、今回は都合がつかず行けなかったのです。ですから、さっき羽田空港でチームを出迎え、記者会見の準備をして、会見が始まったので急いで駆けつけてきました。遅れてすみません」

しかし、ＷＢＣ優勝チームの帰国日なのだから、会食のキャンセルはまったく非礼ではないし、私たちも喜んで理解することは間違いない。

「マッシーさんたちをお待たせして気になっていたのです」そう言って一息つくと、

「これでも随分急いできたのですよ」

と悪戯っぽく微笑った。

それにしても、３大会ぶりに優勝しての凱旋帰国で、今や日本中の話題がＷＢＣ優勝の一点に集中している。大谷翔平、ダルビッシュ有、吉田正尚、ラーズ・ヌートバというメジャーリーガー達が日本チームの中心にいた。羽田空港からのライブ中継も全国の大勢の人々が見ていたことだろう。

――何も、そこまでして今日この場に来なくても……。

と言いかけて、ふと９年前のニューヨークでのことを思い出した。

ヤンキーススタジアムでもてなしてくれた広報担当のジョージ・ローズ氏に私が、なぜそこまでしてマッシーをもてなすのかと尋ねた時に、

「それは、マッシーの人柄ではないですか」

と、彼は言った。

恐らく私の問いに対して、川上さんからはローズ氏と同じ答えが返ってくるだろう。だから、それを尋ねることは野暮というものだった。

川上氏も加わって改めての祝杯の後、1時間前の羽田での歓迎模様というホットな情報もプラスされＷＢＣ談義がますます盛り上がった。

――そうだ、エベリンに似ている。

川上氏と話していて、私は思い出した。それは、40年前に初めて訪れたニューヨークで、連日ホットドッグ生活の私にステーキをご馳走してくれて、初めてミュージカルを観劇させてくれたワシントン・ポストの演劇担当記者エベリン・メリンさんだった。私が40年前にあったエベリンは、ちょうど今の川上さんの年頃だ。そう思うと、彼女に親近感を覚えた。

ひとしきりの小宴会が終わると、近くの店に場所を替えた。ママとバーテンダーだけのその店は品良くこじんまりしていて、気持ちよくカラオケが歌える雰囲気だった。

「増田さん、裕次郎さんを歌いますよ！」

そう言って勝田さんがマイクを握った。

〽鏡に映る我が顔に
　グラスをあげて乾杯を……

『我が人生に悔いなし』だった。

「次は、マッシーだ！」

歌い終えた勝田さんはマッシーにマイクを回した。

――何を歌うのだろう？

『思い出のサンフランシスコ』だろうか、それとも『花のサンフランシスコ』だろうか？

私は、サンフランシスコにまつわる歌を思い巡らした。

イントロが流れてきた。

軽快な、弾むようなイントロだ。

――そうだ、この歌に決まっている。

私は納得した。

〽上を向いて　歩こう
涙がこぼれないように…

初めて憧れのメジャーのマウンドに向かう時に口ずさんだ歌だった。

マッシーは心地良さそうだった。

目を閉じて歌うマッシーの脳裏には、今、20歳の時にメジャーのマウンドに向かう光景が思い浮かんでいるに違いない。そして、初めて見た憧れの地アメリカ、サンフランシスコの青い空がいっぱいに広がっているはずだ。

白髪混じりのマッシーが歌う顔を見ているうちに、私は『大いなる岩の顔』の寓話を思い出していた。

あの物語に出てくる老人とマッシーの姿が重なる気がした。あの中の少年アーネストは、野球に夢を抱き、アメリカに憧れ、渡米したマッシーと同じではなかったのではないだろうか。

――あなたが好きだった野球、憧れた野球、マウンド、メジャー・リーガー。気付かぬ内に、あなたそういう野球人の顔になっているんだよ。

彼は、そんな私の思いには気づくことなく歌っている。

〽幸せは雲の上に
幸せは空の上に

サン・フランシスコの青空。

憧れのメジャーのマウンド。

あの日から60年が経っていた。

＊　＊　＊

18年振りのマッシーのメジャー挑戦は不採用に終わった。しかし、36日間のキャンプ生活は大リーガーとしてのケジメをつける意味でも、その後の野球人生を歩む上でも貴重な経験になった。

１９６４年に20歳の村上雅則が切り拓いたメジャーリーグへの道はその後日本人メジャーリーガーの誕生がないまま30年以上を経て、１９９５年に野茂英雄によって新たな扉を開けることになる。野茂は独特のトルネード投法と奪三振で全米の野球ファンを魅了し新人王を獲得、後には2度のノーヒット・ノーランを記録する。そして初めての日本人野手としてデビューすると首位打者、盗塁王を獲得し新人王、シーズンＭＶＰに選出されるイチロー。ワールドシリーズＭＶＰの松井秀喜へと続き、ベーブ・ルースを越えたと言われる二刀流大谷翔平へと継承されてくる。

あれから60年——。

マッシーが初めて土を踏んだ60年代のアメリカに根強く残っていた人種差別問題は、著しい改善を見せている。

私が十年前に見逃した演劇『あの夜、マイアミで』は数年前に配信映画として製作され、ベネツィア国際映画祭、トロント国際映画祭で批評家から絶賛をされた。

メジャーのマウンドに向かう20歳の日本人選手を元気づけた『上を向いて歩こう』を歌った坂本九は航空機事故による不慮の死を遂げ、少年の頃からマッシーの心象風景に焼き付いていた伝説の老人岩は２００３年に自然崩落し、原形は消滅した。

私たちが老人岩の主人公・アーネスト少年をラウンジで語ったニューヨークの象徴ルーズベルト・ホテルも２０２１年に百年の歴史に幕を閉じた。

マッシーのメジャーへの憧れを掻き立てたキャンドルスティック・パーク跡地は、現在ショッピングセンターになっている。

マッシーが憧れたメジャーリーガー達を、「彼らへの憧れを捨てましょう」と仲間に呼びかけ、侍ジャパンを世界一に導いた大谷翔平は、マッシーが昔度肝を抜かれたW・メーズの月間16本のホームラン記録と同数を放ち、２年連続本塁打王を獲得。前人未到の50―50（50本塁打、50盗塁）の偉業を成し遂げ、２年連続満票となる３度目のシーズンＭＶＰに輝いた。

２０２３年、マッシーはスポーツ界から初めて、日米交流に深く交流した人に贈られる『マーシャル・グリーン賞』を、２０２４年には『第14回日本スポーツ学会賞』を受賞する。「社会貢献活動をやってくれ」と語ったロベルテ・クレメンテの言葉に触発されて始めた難民支援をはじめとする数々のマッシーの社会貢献活動を讃えてのものだった。

あとがき

私が村上雅則さんと初めて会ったのは、２０１２年『駆け上がれ！夏のテッペン』をキャッチフレーズにした高校野球夏の甲子園大会で、大阪桐蔭高校が〝テッペン〟に駆け上がった翌日だった。

渋谷駅近くの国道２４６号沿いのホテルに入ると、冷房が効いた館内は一瞬にして猛暑を忘れさせた。約束時間よりも5分早く着いたのに、村上さんはすでに、ロビーで私を待っていた。私が軽く手をあげると、マッシー（やはりこう呼ばせてくださいね）は表情をゆるめ立ち上がった。お互いに頷きあうことで、言葉なく、出会いがスタートした。

私が毎年主催しているオーケストラによる映画音楽コンサート『スクリーンミュージックの宴』の登壇依頼の面会だった。

毎回演奏曲の選択に頭を悩ませるのだが、その年は、早くから決めていた2曲があった。1曲は2週間前に閉幕したロンドン五輪の開会式で使われたヴァンゲリスの「炎のランナー(Chariots of Fire)」で、もう1曲が「私を野球に連れてって(Take Me Out To The Ball Game)」だった。「私を～」は今でこそ多くの人が知る歌となった。しかし、その頃は知る人は少なく、フランク・シナトラとジーン・ケリー主演のミュージカル映画の主題歌ということまで知る人は殆どいなかった。「私を～」を披露する際のゲストに、と思いついたのが、日本人初のメジャーリーガー村上雅則だった。

こうして出会った私たちの付き合いは、彼の明るくおちゃめな人柄によりそのとき限りで終わらずに、観劇、野球観戦、ゴルフ……と私生活でも長く続くことになる。交流の合間にマッシーが語る日本人メジャーリーガー誕生物語は、同時代にアメリカ放浪をしていた私には共感することが多く、刺激的で、そこには新たな夢を抱いて広い世界に飛び出そうとする敗戦国日本の若者たちの姿があった。

そんな若者たちの代表としてマッシーを描き、多くの人が、「野茂英雄が日本人メジャーリーガー第1号」としている誤解を正し、レジェンド・マッシー村上のことを再認識してもらいたい、という思いがふつふつと湧いてきた。

「もう60年昔のことでしょう。村上雅則さんのことを、今の人たちは知りませんよ」と何人もの編集者、何社もの出版社から、にべもなく断られましたが、厳しい業界事情ゆえに当然のことだったのかもしれません。

上梓に至るまでに、多くの方々のサポートをいただきました。

自身の青春時代を紐解くように語ってくれたマッシーは言うまでもないですが、柴田勲、高斎政英、夏目進、勝田忠緒、タック・イナガキ、鰐川千秋、佐久間憲一の皆様にこの場をお借りして御礼申し上げる次第です。

この後書きを認めている際中に、〈村上雅則、『第6回野球文化學會賞』受賞〉の報が入りました。

マッシー、おめでとう！

２０２５年２月14日　増田久雄

【参考文献】

村上雅則『たった一人の大リーガー』恒文社、１９８５年。
市川弘成・福永あみ『プロ野球を救った男 キャピー原田』Kindle版、２００９年
ナサニエル・ホーソーン『大いなる岩の顔』IBCパブリッシング、２００５年

【参考映画】

『あの夜、マイアミで』（One Night In Miami）

SAN FRANCISCO

著者略歴

増田久雄（ますだ・ひさお）

映画プロデューサー。監督。作家。
早稲田大学在学中に石原裕次郎と出会い、卒業後石原プロモーションに入社、映画製作に携わる。その後、石原プロの映画製作停止に伴い、自身の会社を立ち上げ、『矢沢永吉 RUN&RUN』『チ・ン・ピ・ラ』『ロックよ、静かに流れよ』『高校教師』『ラヂオの時間』等 40 本超の劇場用映画を製作する。映画プロデュースの傍ら、監督、脚本も務め、多くの著作も手がける。主な著作に『太平洋の果実 / 石原裕次郎の下で』『団塊、再起動。』『デイドリーム・ビリーバー』『栄光へのノーサイド』などがある。

マッシー　憧《あこがれ》れのマウンド　メジャーリーグの扉《とびら》を開《あ》けた日本人《にほんじん》

2025 年 4 月 18 日　初版発行

著　者　　増田久雄
発行人　　佐久間憲一
発行所　　株式会社 牧野出版
　　　　　〒 604-0063　京都市中京区二条通油小路東入西大黒町 318
　　　　　電話　075-708-2016　ファックス（注文）075-708-7632
　　　　　http://www.makinopb.com
装丁・本文 DTP　　山本善未
印刷・製本　　　　中央精版印刷株式会社

内容に関するお問い合わせ、ご感想は下記のアドレスにお送りください。
dokusha@makinopb.com
乱丁・落丁本は、ご面倒ですが小社宛にお送りください。
送料小社負担でお取り替えいたします。

　ISBN978-4-89500-250-9